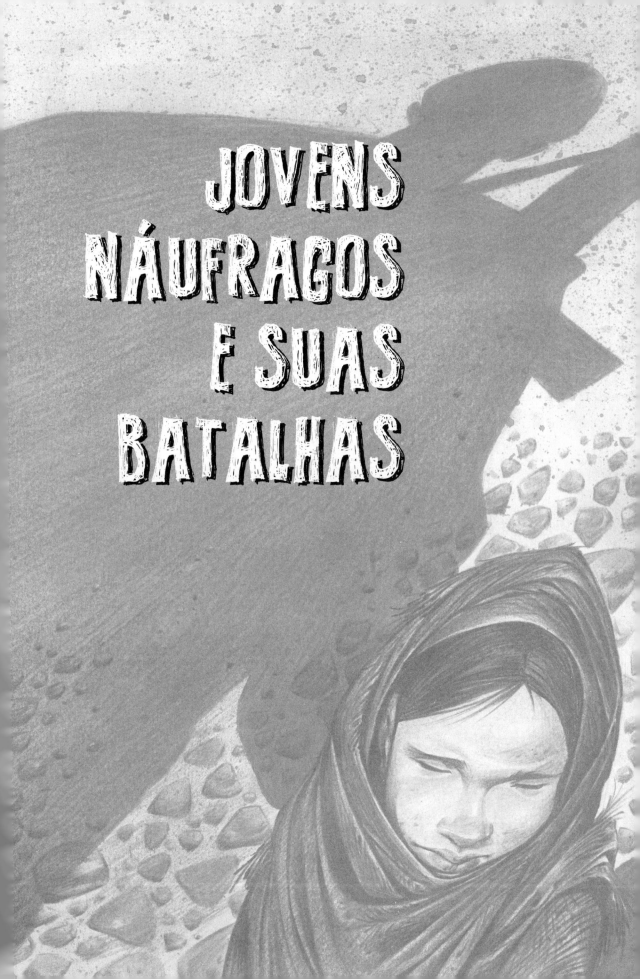

JOVENS NÁUFRAGOS E SUAS BATALHAS

JOVENS NÁUFRAGOS E SUAS BATALHAS

Júlio Emílio Braz

ilustrações
Dave Santana

global
editora

© **Júlio Emílio Braz, 2010**
1ª Edição, Global Editora, São Paulo 2012
4ª Reimpressão, 2022

Jefferson L. Alves – diretor editorial
Cecilia Reggiani Lopes – seleção e edição
Flávio Samuel – gerente de produção
Arlete Zebber – coordenadora editorial
Luciana Chagas – revisão
Dave Santana – capa e ilustrações
Tathiana A. Inocêncio – projeto gráfico

CIP-BRASIL. CATALOGAÇÃO NA PUBLICAÇÃO
SINDICATO NACIONAL DOS EDITORES DE LIVROS, RJ

Braz, Júlio Emílio
Jovens náufragos e suas batalhas / Júlio Emílio Braz ;
ilustrações Dave Santana. – São Paulo : Global, 2012.

ISBN 978-85-260-1603-3

1. Literatura infantojuvenil I. Santana, Dave. II. Título.

11-10207   CDD-028.5

Índices para catálogo sistemático:

1. Literatura infantojuvenil   028.5
2. Literatura juvenil   028.5

Obra atualizada conforme o
NOVO ACORDO ORTOGRÁFICO DA LÍNGUA PORTUGUESA

Global Editora e Distribuidora Ltda.
Rua Pirapitingui, 111 — Liberdade
CEP 01508-020 — São Paulo — SP
Tel.: (11) 3277-7999
e-mail: global@globaleditora.com.br

(g) globaleditora.com.br   (🐦) @globaleditora

(f) /globaleditora   (📷) @globaleditora

(▶) /globaleditora   (in) /globaleditora

(💬) blog.grupoeditorialglobal.com.br

Nº de Catálogo: **3219**

Este é todo, todinho
dedicado a minha amiga Marisa do Nascimento.

Sumário

A escola – uma história africana

Quando dois elefantes brigam,
quem sofre é a grama.

Provérbio africano

ELES vieram com o nascer do sol. Armados. Gritando. Batendo. Empurrando. Com raiva de tudo e de todos. Berravam ordens. Gritavam pressa. Tinham ódio nos olhos muito vermelhos.

Destruíram.

Tudo.

Queimaram tudo.

E só sossegaram quando a escola pegou fogo. Mesmo assim ficaram para vê-la pegar fogo até o fim. Depois, o mais velho deles, um sujeito muito alto e magro, com uma barba rala a crescer-lhe pelo queixo e a subir pelo rosto estreito e ossudo, a quem todos os outros chamavam, com mais temor do que respeito ou reverência, de Comandante, achegou-se até nós.

Amontoados uns sobre os outros, amedrontados, fomos empurrados de um lado para o outro, cutucados pelos canos das armas ou pela ponta de facas e machetes de todos os tamanhos e formas. Gritaram conosco, alguns tão magros e pequenos quanto nós, as armas diferenciando-nos, colocando uns como presas e outros como caçadores.

– Quem é o Professor? – perguntou o Comandante, o queixo arrogantemente espetando o ar a sua frente, os olhos muito vermelhos e hostis.

Silêncio.

Tínhamos medo. Estávamos confusos. Nossa confusão era bem maior do que o medo que sentíamos.

Havia o medo provocado pelos gritos e empurrões daqueles homens. Aquele que crescia diante da simples visão de suas armas. Diante do fogo que consumia a escola. No entanto, a confusão era invencível, e parecia não haver solução para ela. Ela apenas se repetia, pergunta incômoda...

Por quê?

Nenhum sentido. Nenhuma explicação.

A escola não representava perigo para nenhum dos lados daquela guerra que começara quando ainda não éramos nem nascidos, e provavelmente continuaria muito depois de termos morrido.

Outro *por quê?*

Com o passar do tempo, as razões, as explicações e os argumentos perderam o sentido ou tornaram-se desnecessários ou desinteressantes. Lutava-se na guerra porque do outro lado havia um inimigo e, se havia um inimigo, se deveria continuar fazendo a guerra para que ele deixasse de existir.

A resposta para a guerra ainda encontrávamos dentro de nós e entre nós. Fácil. Simples.

Mas por que destruir a nossa escola?

Que dano ela poderia causar? Como atrapalhava a guerra?

Queríamos saber, perguntar. Nessa hora o medo crescia e se fazia forte, impiedosas a gritaria e as ameaças. A gente se encolhia e esperava o que quer que o Comandante fosse dizer, ah, pois todos os Comandantes – eram tantos, apareciam tanto e nunca se repetiam, pois a vida de Comandante, apesar de grandiosa, era curta –

gostavam de inchar a língua de tanto falar e entupir nossos ouvidos com os mesmos discursos transbordantes das mesmas promessas e das mesmas convocações à luta e ao sacrifício que na maioria das vezes eles não faziam – afinal de contas eram Comandantes, e aos líderes cabe incitar e estimular outros a morrer pela pátria, mas, acima de tudo, claro, por suas ideias.

Enganei-me. O Comandante não falou muito. Apenas quis saber. Fez uma única pergunta.

– Quem é o Professor?

Achei engraçado. Não, não. Não o Comandante. Ninguém acha graça do Comandante, pois Comandantes não existem para ser engraçados, mas para ser temidos ou respeitados. Ri da pergunta, pois foi a mesma que fizemos quando ele chegou à aldeia alguns meses atrás.

O Professor estava entre outros, brancos e negros, que chegaram cheios de boa intenção e pensando seriamente em nos ajudar a mudar de vida. Sonhos grandiosos que não resistiram ao primeiro contato com a guerra. Todos foram embora. Menos ele. O Professor.

Nós o chamávamos de Professor. Claro, ele tinha um nome. No entanto, para nós, o homem magro, de ralos cabelos brancos, barba da mesma cor em torno da boca larga e sorriso fácil no rosto de ossos fortes seria sempre e somente "o Professor".

Não se podia nem se conseguia esquecê-lo depois de uns poucos instantes em sua companhia. Lembro-me ainda das lentes grossas de seus óculos muito velhos – a haste do lado esquerdo era presa por fita adesiva, e muitos riscos cobriam a lente do lado direito. As camisas sempre brancas com as mangas arregaçadas. A calça velha. As sandálias feitas a partir da borracha de algum pneu imprestável. A pasta cuja alça ensebada não gostávamos de segurar – escorregava na mão da gente, e temíamos quebrar o que quer que houvesse lá dentro, misturado aos muitos livros, a grandiosidade que sequer imaginávamos do mundo lá de fora, longe da aldeia e da guerra.

– Eu sou o professor... – foi o que ele disse ontem, quando chegou, e agora, quando se adiantou e de certa forma se colocou entre nós e as armas daqueles que queimaram a escola.

O olhar do Comandante carregava a mesma surpresa e aquela indisfarçável decepção que residia nos olhos de todos na aldeia quando o Professor se apresentou, ajeitando os óculos. Talvez, como nós, esperasse por um guerreiro formidável, um gigante de olhar dominador e voz trovejante com o qual pudesse se medir em termos de violência e poder sobre outros homens. A criatura mirrada e pequena que surgiu diante dele, a inseparável pasta ensebada numa das mãos, não era realmente o que esperava encontrar.

O desprezo no rosto suado foi em tudo semelhante ao dos outros Comandantes que vieram antes daquele Comandante e, como ele, também queimaram a escola. Não da mesma forma, pois ele queimou tudo e ainda se certificou de que nada ficasse em pé, nem uma vareta. Mas o desprezo foi o mesmo.

Olharam-se, o Comandante agigantando-se, na medida em que uma arma na mão pode tornar um homem, mesmo que temporariamente, grandioso; o Professor perfilado a sua frente, como se o observasse sob as lentes do microscópio que um amigo lhe mandara de presente da Alemanha no último Natal, e que devia ter-se queimado como tudo mais dentro da escola.

O olhar da espera paciente. O mesmo que ele usou para vencer a resistência de nossos pais quando todos disseram que não nos enviariam para a escola.

– Escola pra quê? – eu mesmo perguntei. – O que vou fazer com o que irei aprender?

– Você será um homem – foi o que ouvi.

– Eu preciso apenas de uma arma para ser um homem por aqui, Professor!

– Esse é o mundo em que você vive, menino. Não gostaria de ter outro?

– A escola vai me dar esse mundo?

– Você vai se dar esse mundo...

– Se for à escola?

– Não faço promessas – o Professor abriu os braços, dando por encerrada a nossa discussão. Simplesmente virou as costas e se afastou para a pequena construção de barro, ainda inacabada, que seria o primeiro prédio de nossa escola.

Gritaria. Outros meninos e meninas me rodearam e eu nunca recebi tantos tapinhas nas costas nem fui tão festejado como naquele dia. Até alguns dos pais me cumprimentaram.

Gostei?

Muito. Senti-me alguém, algo maior do que costumeiramente era, filho entre tantos outros filhos, dividindo o pouco com tantos, vendo os guerreiros daquela guerra interminável – e mal se podia ver a diferença entre eles, pois, com o passar dos anos, eles ficavam constrangedoramente iguais, ferozmente iguais – virem e levarem o que queriam, inclusive muitos de nós, para continuarem a guerra e alcançarem seu único objetivo mais aparente e compreensível: eliminar o inimigo. Querendo ser um deles. Querendo ser temido como eles. Querendo ser também um Comandante e ter tudo o que um Comandante podia ter e conseguir, principalmente o medo e o respeito de todos. Meu melhor amigo me chamou de Comandante.

Durante muito tempo a escola continuou vazia. O Professor a construiu sozinho, com as próprias mãos. Morava dentro dela, entre as cadeiras e carteiras que outros amigos, dessa vez da França, haviam lhe mandado.

Dias intermináveis sem ninguém para ensinar ou conversar – ninguém se aproximava, os menores temendo que o Professor os arrastasse para dentro e os obrigasse a aprender o que quer que tivesse para ensiná-los; e os mais velhos, receando que os guerreiros, fosse de que lado fosse daquela guerra, viessem e, ao saber que iam à escola, achassem que estivessem estudando ou pensando noutra coisa que não fosse a guerra, e lhes batessem como fizeram com o Professor. Vieram. Bateram. Queimaram a primeira escola. Ameaçaram a gente da aldeia. Garantiram que matariam o primeiro que ajudasse o Professor a reconstruir a escola.

– Sou velha, não tenho mais nada a perder ou temer – disse minha avó quando ajudou o Professor, cuidando de seus ferimentos no único lugar no qual permitiram que ele ficasse, debaixo do grande baobá na curva da estrada que levava nossa aldeia para longe daquela guerra, estrada que eu jamais trilhei por muito tempo e para muito longe.

Foi sob sua sombra que o Professor construiu a segunda escola. Não, mais uma vez ninguém mandou seus filhos e mais uma vez o Professor passava os dias debaixo da grande árvore, lendo livros muito grossos e contemplando a vastidão ensolarada, como se buscasse respostas para perguntas que iam surgindo em sua cabeça. Quando não estava na escola, podíamos encontrá-lo caminhando pela estrada ou perambulando pelos rios barrentos ao norte. Em certa ocasião, cheguei a surpreendê-lo no poço dos elefantes, valendo-se de um galho seco para rabiscar coisas incompreensíveis que a chuva do entardecer apagou antes que eu, assim que ele se foi, pudesse ver do que se tratava.

A curiosidade levou uma menina para a escola numa certa manhã, e houve muita confusão por causa disso. Os outros homens brigaram com os pais dela e chegaram a pensar seriamente em expulsá-los da aldeia.

– E se os soldados souberem? – perguntavam-se, amedrontados e, ao mesmo tempo, enfurecidos.

O pai dela, que já havia descido a estrada que levava para bem longe daquele mundo em que vivíamos e sabia mais do que a maioria dos homens da aldeia, argumentou, mas todos os seus argumentos foram em vão. Foi minha avó quem mais uma vez resolveu o problema:

– Todos concordamos que o Professor é louco, não é? Podemos dizer que a menina também é louca, e ninguém vai se importar com isso. Você se importa com aquilo que um louco diz ou faz?

Relutantemente, a menina continuou indo à escola. Passaram-
-se apenas dois ou três meses – o tempo importa realmente? – e
outros começaram a enlouquecer na aldeia, ainda mais depois que
a menina começou a ler o grande livro que o Professor lhe dera de
presente assim que ela começou a ler...

O culpado que você procura, caro Izidine, não é uma pessoa. É a guerra. Todas as culpas são da guerra. Foi ela que
matou Vasto. Foi ela que rasgou o mundo onde a gente ido-
sa tinha brilho e cabimento. Estes velhos que aqui apodre-
cem antes do conflito eram amados. Havia um mundo que os
recebia, as famílias se arrumavam para os idosos. Depois, a
violência trouxe outras razões. E os velhos foram expulsos do
mundo, expulsos de nós mesmos.
Você há de perguntar que motivo me prende aqui, nesta
solidão.
Sempre pensei que sabia responder. Agora, tenho dúvida.
A violência é a razão maior deste meu retiro. A guerra cria
outro ciclo no tempo. Já não são os anos, as estações que
marcam as nossas vidas. Já não são as colheitas, as fomes, as
inundações. A guerra instala o ciclo do sangue...

Mia Couto em *A varanda do Frangipani*

O livro era o refúgio de palavras que sequer conhecíamos o
significado, mas muitos se fartavam apenas ao saborear a sua so-
noridade, mesmo que desconhecessem em parte ou por inteiro o
significado. Muitas palavras vieram com outros tantos livros que o
Professor dava sem se preocupar em pedi-los de volta. Acredito que
não eram tão nem mais importantes do que aquilo que havia conseguido: ele tinha alunos. A escola deixara de ser um homem solitário debaixo de uma árvore, se tornara um lugar onde as pessoas
podiam aprender outro modo de ver as coisas e o mundo. E quando
digo outras pessoas, não falo só das crianças, mas também da minha avó e de outros tantos velhos que enlouqueceram depois que o
Professor trouxe sua escola para a aldeia.

Os soldados vieram no dia seguinte àquele em que minha avó leu a primeira palavra para mim. Zombei dela. Joguei o caderno novo que o Professor lhe dera para bem longe e corri para o mato. Senti-me ainda menor diante da nova descoberta da minha avó. Quando retornei, no fim do dia, os guerreiros daquela guerra sem fim tinham passado pela aldeia com outro Comandante. Bateram no Professor. Queimaram todos os livros e cadernos que encontraram. Bateram nos pais que deixaram seus filhos ir para a escola em vez de estimulá-los a lutar – vida difícil de quem vive entre inimigos numa guerra. O governo vivia dizendo que apoiávamos os rebeldes e, por isso, nos batia e maltratava. Os rebeldes nos acusavam de traição aos legítimos interesses da revolução que libertaria inclusive todos nós, e também nos batiam e roubavam. Minha avó morreu e somente o Professor teve coragem de tirar seu corpo sem vida das mãos dos guerreiros, e por isso apanhou ainda mais. Por fim, muitos dos alunos dele foram reunidos e levados para engrossar as fileiras das tropas que lutavam aquela guerra que transformaria nosso país numa sociedade justa para todos.

Pensávamos que íamos construir uma sociedade justa, sem diferenças, sem privilégios, sem perseguições, uma comunidade de interesses e pensamentos, o Paraíso dos cristãos, em suma. A um momento dado, mesmo que muito breve nalguns casos, fomos puros, desinteressados, só pensando no povo e lutando por ele. E depois... tudo se adulterou, tudo apodreceu, muito antes de se chegar ao poder. Quando as pessoas se aperceberam que mais cedo ou mais tarde era inevitável chegarem ao poder. Cada um começou a preparar as bases de lançamento para esse poder, a defender posições particulares, egoístas. A utopia morreu. E hoje cheira mal, como qualquer corpo em putrefação. Dela só resta um discurso vazio.

Pepetela em *A geração da utopia*

Ele a enterrou. Sozinho. Ali, bem debaixo do grande baobá. Na escola onde ela aprendera a ler a única – porém gloriosa – palavra de sua vida, a leitura incompleta de uma frase...

A vaca é do avô

Ele lia um de seus livros quando cheguei. Estava muito machucado, o rosto inchado, o olho esquerdo totalmente fechado, o braço quebrado. O branco da camisa maculado pelo vermelho do sangue. Dele e de minha avó, sua melhor aluna.

Olhamo-nos. Aquele mesmo olhar que agora ele dirige ao Comandante, esse que, como os outros, lhe baterá e já queimou mais uma vez sua escola. A palavra é difícil. Até hoje não consigo escrevê-la. Mas sei dizê-la. Obstinação. O Professor.

– Veio chorar por sua avó? – ele perguntou.

– Por que choraria? – contrapus. – Ela está melhor do que eu.

Sentei-me ao lado dele. Olhei para o monte de pedras que amontoara sobre a sepultura de minha avó. As luzes tremeluzentes de uma aldeia silenciosa e amedrontada piscavam a distância. Não eram rivais para o céu que, brilhante e imenso, parecia roçar nossas cabeças com um aveludado cobertor de estrelas.

– Por quê? – perguntei, amargurado sem saber exatamente com quem ou com o quê.

– Como é? – ele não entendeu. Ou fingiu não entender.

– Por que não vai embora, Professor? Quer morrer?

– Como todo mundo, eu quero viver...

– Não parece...

– ... mas quero escolher a maneira como viverei a vida que tenho.

– O senhor é um homem muito ambicioso, Professor.

Ele sorriu. Doeu, pois logo em seguida fez uma careta e gemeu baixinho. Alguma coisa dentro dele, ou ele por inteiro, doía muito; ele estava sentindo bem forte e persistentemente aquela dor.

– E você não é?

– Não. Quero...

– O que quer?

Fiquei calado. Eu não sabia.

– Viver é querer mudar, não aceitar...

– Viver é apenas continuar vivo até...

– E a vida é só isso pra você? Não quer mudar?...

– Se o mundo é desse jeito, é desse jeito que vou viver.

O diagnóstico do Professor foi seco:

– Um morto!

– Como é que é?

– Você é um morto, menino.

– É, e por quê?

– Porque só os mortos não têm disposição para mudar, só os mortos não mudam, só os mortos são o que são e se recusam ou não podem mais ser diferentes.

Ele se levantou e marchou com passos largos para dentro da noite.

Vi seu vulto claudicar na escuridão. Caiu. Levantou-se. Caiu mais algumas vezes. Os passos rarearam. Arrastava-se. Cambaleou. Caiu. Estatelou-se na terra dura e poeirenta. Não se levantou mais. Pensei que tivesse morrido, mas naquela noite mesmo sua voz vibrava debaixo do grande baobá...

> Eu vivo
> nos bairros escuros do mundo
> sem luz nem vida.

Pepetela em *A geração da utopia*

Não dormi, ouvindo-o...

> Vou pelas ruas
> às apalpadelas
> encostado aos meus informes sonhos
> tropeçando na escravidão
> ao meu desejo de ser...

Agostinho Neto em "Noite"

Uns poucos alunos voltaram. Meninos. Meninas. Velhos. Meu pai.

Meu pai não aprendia muito. Dizia que tinha cabeça ruim para essas coisas, mas ia do mesmo jeito, apenas para ouvir e acreditar em qualquer coisa, como repetia quando brigávamos.

– Os soldados virão, e agora todos morreremos por causa da teimosia desse professor maluco! – eu gritava.

Outro Comandante apareceu. O Professor apanhou novamente. Quebraram-lhe os óculos. Rasgaram sua camisa. Queimaram mais alguns livros e outros tantos cadernos. Reuniram algumas meninas e outros tantos meninos para se incorporarem às tropas que lutavam. Minha irmã foi levada para ser uma das esposas do Comandante, minha única irmã. Os mais velhos amarraram meu pai e o esconderam num buraco fora da aldeia para que ele não lutasse contra o inevitável e morresse. Fiquei com ele e com a acusação surda de seu olhar...

No meio do caminho desta vida
me vi perdido numa selva escura,
solitário, sem sol e sem saída.

Dante Alighieri em *A divina comédia*

Não sei o que deu em mim – talvez remorso por não ter lutado com meu pai por minha irmã, talvez por querer que ele me perdoasse pelo que não fiz e pelo que, junto com os outros, não deixei que ele fizesse –, mas acompanhei-o quando a escola mais uma vez foi aberta e o Professor retornou às apalpadelas para nós.

Meu pai e eu. Meu pai lendo para mim. Eu lendo para ele. Meu pai morreu feliz, pois, segundo ele, mesmo não tendo saído da aldeia, desceu a longa estrada que o separava do restante do mundo. Continuei na escola depois que ele se foi.

O dia 16 de agosto, às seis horas da tarde, a praça de Top-
-Hané, em Constantinopla, habitualmente tão animada pelo

vaivém e o ruído da multidão, estava silenciosa, sombria e quase deserta...

Júlio Verne em *Kéraban, o cabeçudo*

Olhar para aquela estrada que se estendia como um grande desafio para muito além de onde minha vista alcançava continuou a me levar àquela árvore...

Era um cavalo, um jovem potro de coração ardente, que chegou do deserto a cidade vivendo do espetáculo de sua velocidade...

Horacio Quiroga em *Todos los cuentos*

À escola...

Não voltou a encontrar-se com os fantasmas, mas pouco depois passou a ter muito mais amigos entre seus familiares, e sempre se disse que se algum homem possuía a sabedoria de celebrar respeitosamente o Natal, esse homem era Scrooge...

Charles Dickens em *Um conto de Natal*

Ao Professor...

Existe na Dinamarca um velho castelo chamado Kronborg. Os estrangeiros conhecem-no mais pelo seu outro nome: o Castelo de Elsinore...

Hans Christian Andersen em "Holger, o danês"

Ainda ouço o Professor e, quando sua voz ressoa em meus ouvidos, vinda de uma distância inacreditável no passado, ela diz a mesma coisa: que a vida é imensa, bem maior do que supomos e do que geralmente fazemos quando construímos a nossa. Vejo coragem onde antes encontrava apenas um homem que se julgava covarde.

O Comandante que veio hoje pela manhã e queimou a escola mandou novamente que batessem em meu Professor depois de outro discurso, sobre a guerra que nunca acaba e pela qual não nos sacrificamos o suficiente. E o Professor apanhou bastante. Mais uma vez. Outros livros foram queimados, e o livro que escondi em minha casa acabou sendo encontrado. Apanhei também. Quebraram os óculos novos que tínhamos acabado de dar ao Professor, mas ele segue às apalpadelas, a palavra que povoa nossas vozes nos identifica. Iam matá-lo, mas não deixamos. Nos oferecemos para lutar pelo Comandante na guerra que ele escolhesse lutar e por quem ele escolhesse lutar, mesmo que soubéssemos que ele lutava por ele mesmo e pelo poder que a guerra lhe dava – como os outros Comandantes que passaram pela aldeia antes daquele. Tudo para ele poupar a vida do Professor, e eu ainda acrescentei:

– O senhor não vê que o homem é um louco? Que honra existe em se matar um louco? Um louco e um covarde!

Marchamos com o Comandante logo depois do meio-dia e o Professor ficou para reconstruir a nossa escola.

Corajoso. Corajoso não é o homem armado nem o acompanhado de outros homens, aquele que bate, maltrata e humilha. Que coragem há nisso?

Corajoso é muitas vezes aquele que apanha, mas que encontra forças para continuar acreditando naquilo em que acredita e lutando, sem arma alguma na mão, pelo que crê. Isso sim é coragem.

Meu Professor é muito corajoso. Tão corajoso quanto meu pai e minha avó. Tão corajoso quanto todos nós que fomos com os guerrilheiros para que continuássemos tendo a nossa escola e o nosso Professor, e, quem sabe, o futuro em que ele acredita tanto e que os menores poderão ter antes que o próximo Comandante apareça para tentar destruir nossa escola.

Nós acreditamos que eles terão por nós. Nós fizemos isso por eles e por nosso Professor. É, pois eu tenho certeza de que, enquanto marcharmos seja para onde for, ele estará reconstruindo a escola e juntando os livros que sobraram – sempre sobram alguns –, posso até ouvi-lo, aquela voz intensa, a distância imensa que não a torna nem um centímetro sequer menos ouvida...

– E se eles voltarem e dessa vez derrubarem a árvore? – perguntei quando certa vez puseram fogo na nossa escola que era o grande baobá na curva da estrada para o mundo.

– Ora, a gente vai e encontra outra – foi o que ele respondeu, ainda sentindo muitas dores pelo corpo.

– E se não houver outra?

– A gente planta uma.

– Por quê?

O Professor apontou para um pedaço de madeira que pertencera à primeira escola e que o fogo não conseguiu consumir. Ele rabiscou as palavras, aquelas palavras estranhas numa língua incompreensível, com o carvão retirado de outro pedaço da escola e transformou o pedaço de madeira numa tabuleta que, mais do que identificar a escola, declarava a sua razão de ser...

Cogito, ergo sum. [Penso, logo existo.]

René Descartes em *Discurso do método*

Em certa medida, estamos na escola, pois a escola continua em nós. Como o Professor, seus livros, suas palavras, aquele olhar paciente que nos segue para onde quer que formos.

Referências

AGOSTINHO NETO. "Noite". In: _____. *Sagrada esperança*. 11. ed. Lisboa: Sá da Costa, 1987.

ALIGHIERI, Dante. *A divina comédia*. 4. ed. São Paulo: Editora 34, 2001.

ANDERSEN, Hans Christian. "Holger, o danês". In: _____. *Últimos contos*. Belo Horizonte: Itatiaia, 2005.

COUTO, Mia. *A varanda do Frangipani*. São Paulo: Companhia das Letras, 2007.

DICKENS, Charles. *Um conto de Natal*. Porto Alegre: L&PM, 2003.

PEPETELA. *A geração da utopia*. Rio de Janeiro: Nova Fronteira, 2000.

QUIROGA, Horacio. *Todos los cuentos*. Ciudad de México: Fondo de Cultura Económica, 1993. (Colección Archivos).

VERNE, Júlio. *Kéraban, o cabeçudo*. Rio de Janeiro: Francisco Alves, 1982.

Uma gaveta cheia de sonhos

A educação é um ato de amor, por isso,
um ato de coragem.

Paulo Freire

EU aprendi com meu pai. Aliás, tudo o que aprendi de bom nessa vida foi meu pai quem me ensinou.

Foi há muito tempo, sabe, mas é como ele dizia: "boas lições são simples e dadas em poucas palavras, mas são também as melhores, pois ficam para sempre, até depois que nós ficamos apenas na cabeça daqueles que nos amam ou que apenas nos conheceram e, por essa ou aquela razão, se lembram de nós, como lembrança".

É, foi numa certa manhã de sol forte e dor imensa que eu descobri minha máquina de sonhar e como constituir ao longo da vida uma grande gaveta cheia de sonhos, daqueles que a gente até abandona de vez em quando, mas sabe com absoluta certeza onde encontrar ao perceber que não saberia viver sem eles.

Somos nossos sonhos, não é verdade? Sem eles, o que seríamos?

Carne, ossos, sangue e um pouco mais de setenta por cento de água. Nem um cérebro desapaixonado à mercê da matemática, a antítese da paixão e dos sentimentos que transbordam na alma humana.

Isso é tudo o que seríamos. Seríamos bem pouco, não é mesmo?

Minha gaveta cheia de sonhos existe para os momentos escuros em que em mim não há ninguém (como nos versos de Pessoa), quando bate a descrença e a vontade de, como os outros fazem, deixar para lá, não me preocupar, fechar os olhos para não morrer de raiva e sufocar o grito de revolta.

A mesa de meu pai. Pesada, tão sólida quanto ele, de mogno e de saudade. Saudade dele.

Eu a herdei. Todavia, a gaveta cheia de sonhos não está nela, apesar de não ser de todo improvável se afirmar que começou, nasceu, num cantinho dela, muito tempo atrás.

Meu refúgio. Minha ilha. Minha fortaleza.

Voltei hoje com vontade de encontrar o maior de meus sonhos, pois somente um dos grandes, maior do que a raiva que sinto – essa impotência que me destroça a alma desde poucas horas atrás e não me larga mais –, talvez tenha força para fazer-me encontrar o que fui e o que acredito, aquilo que não sou e pus em dúvida.

Essa foi bem mais forte e cruel do que outras tantas. Não sei como não desmaiei depois de fingir coragem diante do que via. E olha que já vi muita coisa ruim nesta vida. Na verdade, vivi, ainda vivo e suspeito que viverei muita coisa ruim nesta vida.

Por onde começar?

O tempo parou há pouco mais de três horas. O tempo não existe. Vou jogar meu relógio fora...

Abaixo a tirania das horas vividas e não compreendidas! Abaixo a pressa que nos transforma em criaturas insensíveis e por demais distantes umas das outras! Abaixo eu, que falhei!...

É, eu falhei. Miseravelmente, eu falhei.

Gustavo chegou à escola ainda ontem. Olhos vencidos. Hostilidade. Magreza no uniforme largo.

– A escola é feia e suja – reclama.

Não quer os livros que lhe dão:

– Não sei ler! – rosna, pronto para brigar, seja lá com quem for.

Não sabe mesmo ler. Quinta série, sexto ano, pode escolher, o fato concreto é que ele não sabe. É um pouco tarde para se procurar culpados. Não há metodologia boa nem ruim nessa hora. Qualquer uma serve. Eu sirvo, pois enfiei na cabeça que vou ensiná-lo a ler.

Nada fácil. Levei um pontapé no primeiro dia. Ele morde se qualquer um descuidar ou importuná-lo. Aliás, tudo o importuna.

Fazer o quê?

Nem sei quem é a mãe dele. Nunca vi o pai. A irmã mais velha o traz, e noto o alívio nas feições bem cansadas da pobrezinha. Algumas horas sem o irmão para perturbá-la, bater nos outros irmãos – ele diz que são uns dez, e algo me deixa com a certeza de que não está mentindo nem exagerando – ou se meter em confusão com os vizinhos. Tamanho não importa.

– Ele é pequeno, tinhoso – disse a diretora assim que pôs os olhos nele.

Mau, muito mau. Acho que vou vê-lo em qualquer vala mais cedo ou mais tarde.

Aconselhou a não perder tempo com ele, não.

Nunca fui muito boa para ouvir conselhos. Tivesse sido o contrário e jamais teria ido parar naquela escola bem no meio de uma das piores favelas da cidade.

– Você é doida! – disse meu marido.

A frase da minha vida. Pelo menos, desde que me casei com ele. Penso que exatamente por ter me casado com ele. Com o primeiro, Otávio, contador, vida ordenada e controlada por uma calculadora. Apenas a namorada grávida – é, ele arranjou uma durante o nosso casamento, que surpresa! – trouxe um pouco de novidade e vida ao nosso mundinho. Também acabou com o casamento, é claro.

Com Alberto, meu segundo casamento, é realmente um casamento. Não existe rotina. Tivemos três filhos. Temos uma casa até razoável. Brigamos muito e por qualquer coisa, até pelas mais insignificantes. Principalmente por causa delas.

É professor. Matemática. Bem, era. Cansou-se dos alunos, da escola e, segundo ele, de "um país que prefere a casca da banana e não a banana, que investe em cultura feito um louco... cultura física!".

Foi vender seguros. Ganha bem. Usa terno. Tripudia de mim.

– Dom Quixote de saias – diz ele.

Gostei que desistiu de dar aulas. Foi bom para ele. Foi bom para a escola. Foi melhor ainda para os alunos dele, que não se alimentariam de seu desinteresse para justificar o próprio.

Não me queixo. Ele fuma, mas existem vícios bem piores. O novo apartamento é maior e estamos de mudança para a zona sul. Ele trocou de carro e o chalezinho em Penedo é uma bela aquisição patrimonial. Somos uma família feliz. Eduardo está indo para a Austrália estudar inglês. A Bárbara finalmente se livrou do último namorado e passou no vestibular – apesar de eu não ver maior afinidade entre ela e a opção que fez.

– Oceanografia, minha filha?

João Pedro não passou no colégio chique do Leblon, no qual o pai o colocou. Os professores não o compreendem e vivem – ou talvez tenham nascido – pelo prazer e intuito de persegui-lo para prejudicá-lo.

Rio muito comigo mesma. É o mesmo que Gustavo vive dizendo. Quer dizer, vivia...

Ele e os outros.

Quer dizer, nunca foi um paraíso. Aluno e professor. Água e óleo. Qual a novidade?

A água está fria e escassa. O óleo é espesso e quente. O menor contato e sai fumaça.

Outro dia eu brandi o indicador para uma aluna e ela logo pôs os dedos dobradinhos na cintura, devolvendo de modo ameaçador:

– Olha o ECA, professora, olha o ECA...

Tem horas que penso que eu deveria fazer como alguns de meus colegas. Zumbi. Entra. Fala para quem quer ouvir. Escreve para quem quer ler. Finge para todos. E a vida segue seu curso entre gritos e gargalhadas, entre os objetos que voam de um lado para o outro da sala.

Até tentei. Não consigo. Chame-me de idiota. Do que quiser. Dom Quixote de saias. Eu não sou assim. Não saberia ser assim. Seria violentar-me de maneira tão odiosa quanto o modo como Gustavo foi violentado há poucas horas.

Eu acredito. Sonho e, quando perco meus sonhos, volto para a gaveta cheia de sonhos de meu pai e aposso-me de um outro por que lutar. É o que estou fazendo aqui, agora, neste momento. Angustiada. Tão deprimida quanto da primeira vez em que me vi obrigada a pôr um aluno para fora da sala.

À noite chorei. Chorei muito. Chorei de meu marido sair do nosso quarto e rumar para o quarto dos nossos filhos.

O que fazer?

Eu sou assim. Simplesmente.

– Não perde tempo com esse moleque, não, querida. Ele é coisa ruim. Não vai dar pra nada de bom, pode acreditar. Você já viu a cara dele? É cara de bandido, pode acreditar. É cara de bandido. Nossa, eu me arrepio todo quando ele olha pra mim. Não sei como você consegue...

Nunca precisei tirar o Gustavo da sala. Puxá-lo pelo braço? Nem pensar!

Nunca houve isso entre nós no pouco tempo em que ele passou na minha sala. Gustavo era silencioso. Ia e vinha sem que o notássemos. Alguns de meus colegas até o apelidaram de Aluno Invisível. O Fernando mesmo, professor de geografia, o chamava de Virtual.

Ele não está nem aí para nada do que a gente diga, percebe?

Gustavo não estava nem aí para nada, devo concordar. Sequer incomodava. Entrava, ia para sua carteira no fundo da sala – onde ninguém gostava de se sentar, já que ele estava por lá e poucos se aproximavam dele na escola ou fora dela – e lá ficava, olhando para a frente, olhando para mim, fustigando com aqueles olhos cheios de uma tristeza impenetrável.

Ele era o grande e, quase sempre, único assunto da sala dos professores naqueles meses em que esteve entre nós. Todos tinham uma opinião sobre ele. Em muito pouco tempo, Gustavo transformou-se numa entidade. Presente porém ausente. Temido mas, antes de mais nada, fascinante. Um enigma bem antes de ser um problema. Difícil de entender quem era realmente aquele menino. Agora, pensando bem e pensando apenas nele, nem me recordo do som da sua voz.

Realmente é como se ele nunca tivesse existido. Para trás, nada dele ficou. Nenhum vestígio. Uma palavra solta na imensidão branca e descuidada do caderno que carregava. Não me recordo de tê-lo visto uma única vez carregando qualquer um dos livros que ganhou. A mochila que levava sempre à frente, como se nela estivesse sua própria vida, protegida da sanha de inimigos jamais vistos, era pesada demais. Eu o via quase sempre encurvado.

Via? Via de verdade? Ou terá sido uma grande ilusão coletiva?

Será que Gustavo não passou de um sonho para todos nós?

Nem bom, nem ruim. Um sonho apenas. Um sonho breve do qual nem o menor rastro ficou.

É, verdade...

Sei que ainda há um corpo estirado atrás da escola, dentro da escola, não sei onde. Não quis e nem quero ver. Fico com o que tenho, e o que tenho é bem pouco. Magoa, pois também frustra. Por isso voltei aqui, estou sentada diante da mesa de meu pai, olhos fitos na gaveta cheia de sonhos. Quis dar uma de presente para Gustavo. Ele não quis ou não soube o que fazer com ela. Ou não entendeu bem o que eu estava oferecendo, nem o que iria receber.

Quem entende?

Nem eu, muitas vezes.

Droga!...

Droga! Droga! Droga!

Que ódio sinto de mim mesma!

Por que eu?... Como fui?... Será?... Mas eu?...

Perguntas. Perguntas. Eu não paro de fazer perguntas a mim mesma.

E aonde isso está me levando?

Vou enlouquecer. Irremediavelmente, mas vou.

Partícula de outras tantas partículas, feita de milhões de partículas, todas irrelevantes diante da grandiosidade incalculável de tudo o que me cerca, não sou nada. Não mudo, não mudarei nada. Derrota certa.

O que fiz a Gustavo? Que mal fiz a Gustavo?

– A senhora dá mais atenção a esses moleques da favela do que a nós, mãe!

– Nós é que somos os seus filhos, a senhora sabia disso?

Que mal faço a todos que me cercam?

Meus filhos me acusam. O marido diluiu-se na indiferença e na distância. Não entendo por que ainda está comigo.

Será que um dia ele voltará a dizer que me ama de uma forma que eu acredite?

Estou só. Quero colo. Não encontro nenhum.

Por vezes irrita. Todos querem um pedaço de mim, um pouco de atenção, carinho, mas ninguém está disposto a me dar a mesma coisa quando peço. Nessas horas, todos têm seus compromissos, seus problemas e suas necessidades.

Apenas eu tenho que estar disponível. Apenas eu sou cobrada. Apenas eu não posso ter dor de cabeça, não posso ficar triste ou infeliz.

Adoro minha família. Odeio minha família.

Estou pior do que imaginava quando cheguei em casa e a encontrei vazia.

Nem entrei. Fui de um lado para o outro com os olhos. Procurei e nem sei bem o que procurei, mas me senti pouco à vontade, hostilizada pelo frio intenso daquele apartamento vazio. Voltei sobre meus próprios passos e sequer usei o elevador. Desci pela escada. Degrau após degrau, cabeça invadida por lembranças, a mais frequente delas, meu pai...

Professor Paulo Vítor Vieira. Língua portuguesa. Literatura. Redação. Anos no Colégio Estadual Santo Agostinho...

Tolle et lege! [Pega e lê!]

Santo Agostinho (354-430)

Ele gritava a mesma frase sempre que lia alguma bobagem política nos jornais – Deus me livre, meu pai morreu há quase trinta anos, e elas continuam tantas!...

Meu pai era um homem apaixonado pelo seu ofício.

Machado de Assis. Monteiro Lobato. Orígenes Lessa. Kafka. Daniel Defoe. Dostoiévski. Jorge Luís Borges. Mark Twain. Dickens. Flaubert. Graça Aranha. Aluísio Azevedo. Adolfo Caminha. Júlio Ribeiro. Conrad. Proust. Cervantes. Eça de Queirós. Fernando Pessoa. Pablo Neruda. Emerson. Júlio Verne. Victor Hugo. Bret Harte. Conan Doyle. Emilio Salgari. Dante. Camões. As transbordantes prateleiras de meu pai. Os livros incontáveis de meu pai. A paixão de meu pai. O apaixonado professor que era meu pai.

Tolle et lege!

Meu pai.

A crença.

A mesa.

O olhar.

A pasta.

A gaveta cheia de sonhos de meu pai.

Eu precisava dela depois daquele dia. Depois do que vi.

Gustavo...

Foi tudo bem rápido. Nem entendi direito como tudo começou. Ficou apenas o sorriso de Gustavo enquanto acenava e saía pelo portão enferrujado da escola. Ficou o sorriso. O sorriso. O sorriso.

Meu Deus, ele sorriu...

Pela primeira vez, Gustavo sorriu para mim. Entrevi o brilho esperançoso da vida em seus olhos melancólicos. Crença. Vi crença em seus olhos.

Ele escrevera uma linda redação – essa que ainda aperto em minha mão, rasgando não querendo rasgar, o aperto angustiado da frustração –, e eu o elogiei. Nem lembro que nota dei. A nota não importava realmente. O que importou foi o tímido sorriso que se desenhou em seus lábios. O interesse com que ele olhou para a lousa que eu, animada, enchi de tudo o que eu tinha dentro de mim, a começar pela grande felicidade.

É, eu estava tão feliz com o que via...

Escrevi.

Contei histórias. Citei autores. Li um conto, é, li, sim. Eu acabara de ganhar o livro de presente de uma colega – fora meu aniversário na semana anterior, terça-feira, meu dia de sorte – e o deixara em cima da mesa. Peguei-o. Era novamente terça-feira. Meu dia de sorte. Li um dos contos de que mais gostava. Li para todos, mas li antes de mais nada para Gustavo. Para o grande interesse de Gustavo.

"Menino a bico de pena", de Clarice Lispector.

Meu pai guardava como joia das mais preciosas, dentro de uma de suas gavetas, um livro autografado por ela. *A maçã no escuro*. Uma dedicatória curta, simples, que não importava muito...

É da Clarice!, repetia, entusiasmado. O tamanho pouco ou nada importava.

Junho de 1961 – o dia, com o tempo, borrara. Uma dedicatória de Clarice Lispector. A preferida entre os muitos preferidos de meu pai.

Li aquele conto como talvez jamais venha a ler qualquer outra coisa na minha vida. Li para todos, olhos fixos em Gustavo...

> Em todas as posições o menino conserva os olhos bem abertos. Secos como a fralda nova.
>
> Clarice Lispector em "Menino a bico de pena"

Muitos não entenderam. Outros acharam a história chata. Alguns ainda me deram esperança, pois pediram para contar uma nova história, só que de um outro livro, pois *aquele era chato*. Apenas Gustavo ficou me olhando e sorrindo, o sorriso cada vez maior e mais sincero, como se compreendesse que aquela história eu lera para ele e apenas para ele, feliz com ele e com seu sorriso.

Pois é...

O sorriso é tudo o que me resta. Gustavo morreu.

Foi tudo inacreditavelmente rápido. Ainda vejo. A cena se repete em minha cabeça desde que saí do colégio. Filme triste.

O sorriso de Gustavo. Ele cruzando o portão misturado às outras crianças, a mochila sempre voltada para a frente, apenas um braço apertando a barriga, pois o outro estava erguido, a mão agitada numa despedida feliz, tão feliz...

Será que ele sabia que era seu último sorriso?

Vai saber!

Dois meninos, um pouco mais velhos do que Gustavo, lançaram-se contra ele. Um deles agarrou-se à mochila. Gustavo a abraçou, protetoramente. O segundo ergueu a arma, um revólver pequeno, velho, enferrujado, e cutucou-lhe a cabeça com o cano. Atirou. Duas ou três vezes.

Crianças corriam, apavoradas. Um professor se abraçou a mim e me jogou dentro da primeira sala. Ainda ouço o estrondo da porta batendo com força contra a parede.

Arrisquei um olhar. Gritei-lhe o nome...

Gustavo!

Estendi as mãos crispadas em súplica, muda de desespero.

Ele caiu como um saco vazio. A mochila, butim disputado numa guerra tola, apareceu na mão de um dos meninos. O segundo, irritado, ainda chutou o corpo inerte e apontou-lhe a arma, mas o disparo não aconteceu.

Nem sei o que havia na mochila – falou-se tantas coisas depois que os dois meninos correram para a favela ali ao lado, e um silêncio fantasmagórico estendeu-se pela escola, como um lençol branco cobrindo o corpo estirado no portão. Pouco importa. Fosse o que fosse, matou Gustavo.

Chorei. Chorei muito. Chorei na escola. Chorei no ônibus que todo dia me leva da escola para casa e de casa para a escola. Sinto-

-me fraca. Derrotada. Imagino que serei presa fácil dos comentários de meu marido. Mais uma vez meus filhos insistirão para que eu largue a escola, largue tudo e fique em casa.

É...

Preciso de meu pai.

A gaveta cheia de sonhos de sua mesa é meu oxigênio. Vital.

Entrei na sala dele, minha mãe atrás de mim. Nada perguntou. Ela sabia o que eu procurava quando vinha visitá-la com os olhos vermelhos de tanto chorar. Calou-se.

Eu poderia querer mãe melhor?

Sentei à mesa dele. Seria bem mais interessante se ele estivesse ali, mas meu pai se foi há quase cinco anos. Restou a mesa, mas, acima de tudo, as muitas gavetas, cada uma delas com um segredo a ser revelado.

As estantes ainda transbordam de livros. Minha mãe ainda os limpa como se ele fosse entrar a qualquer momento e folhear este ou aquele, os óculos equilibrando-se na ponta do nariz. Quando ela se for, eu limparei. Espero que alguém o faça depois de mim, mas – sinceridade – não espero que isso aconteça.

Vou direto para a gaveta. Para a gaveta cheia de sonhos.

Abro-a vagarosamente. Não, não há mágica alguma. Nenhuma luz bruxuleante revestirá minha pele de um brilho intenso. A mágica não depende ou oferece qualquer transformação. A mágica está em meus olhos, dentro de mim. Ali eu apenas a reencontro.

Velhas fotografias amareladas. Cartas manuscritas em letras caprichosas. Tem uma digitada, mas a maioria ainda é escrita a mão. Algumas fotografias recentes, de crianças. Muitas carregam apenas uma singela frase:

Obrigado, professor!

Cartas de ex-alunos. Fotografias de antigos alunos na companhia severa de meu pai. Fotografias de formaturas. Vários convites de formatura de ex-alunos, uma dezena pelo menos tendo-o como paraninfo. Fotografias de famílias, famílias de ex-alunos. Papéis muito velhos, cuidadosamente catalogados e guardados – velhas redações, provas deslumbrantes de alunos que realmente amou. A grande e poderosa gaveta cheia de sonhos do meu pai. O professor Paulo Vítor Vieira. Língua portuguesa. Literatura. Redação. Vida.

Li cada uma delas. Olhei para as fotografias. Levantei-me algumas vezes e contemplei a biblioteca. Encontrei *A maçã no escuro*. Autografado pela própria Clarice Lispector.

No dia seguinte, voltei para a escola. A mesma. Em busca de outro Gustavo, talvez...

O que foi? Alguém esperava que houvesse algo de substancialmente mágico na gaveta de meu pai? Um elixir poderoso? A fórmula para mudar as pessoas?

Não olharam direito. Havia sim. Havia meu pai e seus muitos alunos. Havia vida. E se você não sabe, eu vou te dizer...

– A vida é a própria magia! É... *Tolle et lege! Tolle et lege!*

Referências

LISPECTOR, Clarice. *A maçã no escuro*. Rio de Janeiro: Rocco, 1998.

_____. "Menino a bico de pena". In: _____. *Felicidade clandestina*. Rio de Janeiro: Sabiá, 1971.

Porém porque peço silêncio não
creiam que vou morrer: passa comigo
o contrário: sucede que vou viver.

Pablo Neruda, "Peço silêncio"

O gosto do café. O gosto forte do café. O gosto forte e ácido do café de Juan Valdez, a poucos metros da esquina entre Providência e Suécia.

Tropecei ainda ontem numa de suas escadas. Caí. A bandeja foi comigo. Espalhei café pelos degraus, tépida vergonha numa manhã fria de maio. Naqueles poucos instantes dentro do 914 foi tudo o que me veio à mente. O sorriso indulgente do jovem funcionário que, solícito e generoso diante de meus parcos cabelos brancos e da muita idade que torce e retorce os dedos artríticos de minhas mãos, apressou-se em sair detrás do balcão e me ajudar a levantar; mais do que depressa, limpou toda a sujeira que fiz. O outro café, trazido pouco depois e pelo qual ele nada cobrou, me comoveu às lágrimas.

Seria um antigo aluno?, me perguntei, tentando disfarçá-las.

Velho chorão!

O gosto do café.

Ah, o gosto do café...

Forte. Encorpado. Aromático. Um Guajira.

Minha paixão.

Um Cundinamarca e meu favorito, um Guajira.

Nenhuma viagem a Valparaíso está realmente completa nem me satisfaz se eu não puder ver a cidade de cima, de uma das amplas janelas de La Sebastiana, e não for capaz de passear por suas ruas no velho, mas ainda assim confiável, 914. Bobagem de velho.

Condene-me. O tempo conspira contra mim, e eu não tenho tempo a perder com a opinião dos outros. Por isso, entre outras tantas razões, deixo meus filhos e netos em casa, fujo deles sem o menor pudor ou sentimento de culpa, e venho sozinho para Valparaíso.

Meu café. Minhas lembranças. Não preciso de mais nada, já que muito pouca coisa restou depois da última vez em que estive em Valparaíso. Minha mulher morreu. Estou prestes a me aposentar. Meu filho mais novo e o único que ainda morava comigo se mudou há dois meses para a Nova Zelândia e não manda notícias. Estou cada vez com menos amigos – enterrei mais um ainda no mês passado. Agarro-me a fotos e recordações amarelecidas, como se fosse possível ancorar-se num canto da vida e impedir que ela nos carregue para o fim ao qual todos estamos destinados, queiramos ou não.

Nada restou a não ser meu gosto por cafés fortes e aromáticos e as malditas lembranças – boas ou más, são sempre malditas, pois acabam nos fazendo ver que tudo passa depressa demais, que somos negligentes demais com a vida e, quando nos arrependemos pelo que foi feito ou poderia ser feito melhor, tarde demais. Lembranças, muitas e muitas e muitas, algumas desagradavelmente permanentes, como aquela que tenho diante de mim, por trás do sorriso de Alonso, estendendo-me relutantemente a mão. Mais velho. Encurvado, o ombro direito inclinando-se um pouco mais para a frente e para baixo, atrapalhando o corpo empertigado com certa dificuldade, como se com tal gesto procurasse resgatar uma dignidade e uma arrogância há muito perdidas, levadas pelo tempo e

diluídas por aquele laivo de apreensão que entrevi nos olhos empapuçados e bem vermelhos.

Que coisa, é ele mesmo, não tenho dúvida alguma. Nós dois dentro do 914 com Alonso sorridente entre nós, apresentando-nos como se não nos conhecêssemos.

Pobre Alonso, eu conheço bem demais o homem que ele tem a seu lado e me apresenta como sendo seu avô. Conheço bem antes dele.

Devo lhe contar?

Sorrio, indeciso, meus olhos fundos nas órbitas, cravados na figura silenciosa do homem carrancudo que ele apresenta como seu avô.

Raul.

Não sei se era realmente seu nome, nunca soube, nem eu nem os outros, mas eu o conheci como Raul. Imagino que ainda deve sê-lo, apesar da idade, dos olhos opacos que fogem dos meus.

Alonso fala e sorri. Diz coisas que suponho sejam interessantes sobre mim e sobre o avô. Ouço alguma coisa. Meros fragmentos. Bobos fragmentos. Elogios para mim. Sorrio. Como se eu me importasse com elogios...

– É o melhor professor que temos no Instituto Politécnico!

Fala do avô com igual orgulho...

– Ele trabalhou como meteorologista da Marinha...

É, eu sei. Na verdade, todos os que passaram por suas mãos sabem, apesar de apenas os mortos terem esquecido. Por razões óbvias, é claro.

Raul, o "senhor do tempo".

Era como passamos a chamá-lo depois de poucas semanas em sua companhia.

Meteorologista?

É, provavelmente. Ninguém nunca perguntou. Talvez porque estivéssemos mais preocupados em continuar vivos.

Raul. Meteorologista. Senhor do Tempo. Tanto faz. Foi há muito tempo. Não que eu tenha esquecido – como poderia? –, mas foi há muito tempo.

A mão dele flutua no ar, abandonada em um cumprimento forçado pela presença de Alonso, e é com ele que Raul está preocupado. A vida retorna em seus olhos frios na forma de uma centelha dentro da qual entrevejo um pânico inquietante. Em seguida, silenciosa, mas forte, avisto uma súplica angustiada, a garganta ressente-se de uma secura estranguladora; ele quase implora: "Por favor, aperte minha mão...".

Sinto-me poderoso.

E se eu recusar?

É o que mais teme naquele momento, não tenho a menor dúvida.

Alonso estranhará se eu não apertá-la. Não é idiota, notará a hostilidade em meu gesto, como pressinto o desconforto e a impaciência que a mão do avô, suspensa no ar, espalmada e só, lhe causa.

Por que demoro em aceitar o cumprimento de seu avô?, imagino que esteja se perguntando.

Corto a indagação com a lâmina afiada de uma indisfarçável satisfação, por que negar?

Não esperava por aquilo. De maneira alguma. Um simples e até singelo passeio pelo 914 através das ruas de minha doce Valparaíso e encontro ambos, Alonso, meu melhor aluno, razão primeira de eu ainda continuar acreditando que tenho um papel importante nesta vida, e Raul, seu avô, uma esmaecida lembrança de um passado que não me larga há mais de trinta anos.

Difícil não acreditar em Deus ou em qualquer coisa parecida numa hora dessas. O acaso e a coincidência são respostas tolas para questionamento tão grandioso.

A vida não é uma conta de resto zero, mas um complexo e inexplicável cálculo feito de números imaginários que redundam numa dízima periódica constrangedora. Definição melhor, impossível. Minha matemática – meu refúgio para as infindáveis noites de medo e sofrimento naqueles anos nunca totalmente deixados para trás; quantas vezes recitei a tabuada para abstrair a dor em meu corpo e para ignorar que ela se repetiria no dia seguinte e no dia seguinte e no dia seguinte e no dia seguinte, como se fosse jamais terminar? Quantos zeros podemos colocar à esquerda ou à direita de um número? Problema: Esteban e Santiago saíram de casa ao mesmo tempo e estão dirigindo um na direção do outro. Esteban vai a 120 km/h, e Santiago, a 60 km/h. Em dez minutos os dois vão chegar ao mesmo ponto. A que distância Esteban e Santiago estavam um do outro?

Minha matemática responde a muitos questionamentos, mas seguramente não explica como fui encontrar Raul num breve passeio de ônibus por Valparaíso. Ela me ajudou a conservar a sanidade e a suportar a humilhação e os espancamentos. Não permitiu que eu perdesse a fé na minha capacidade de sobreviver a tudo aquilo. Dois vezes sete são catorze. Noventa dividido por cinco, dezoito...

Dignidade!

Sobrevivi para isso?

Sem respostas na matemática, mas o prazer é indescritível. O peso do fim inevitável abandonou meus ombros e, se a morte me alcançar agora, sucumbirei com um sorriso nos lábios, vitorioso, feliz por contemplar o medo e a angústia no rosto de Raul.

Raul se acovarda com a mão pairando no vazio, aberta, até crispada, querendo agarrar-se à minha para escapar da indagação crescente nos olhos de Alonso.

Alonso é inteligente. Meu melhor aluno no Instituto Politécnico. Uma criatura doce e inteligente. Um jovem transbordante de ideias e ideais. Virtuoso. Orgulhoso das próprias qualidades e da bela família que está sempre mencionando, por vezes construindo a oportunidade de fazê-lo.

Pobre Alonso, morreria se conhecesse o avô tão bem quanto eu, e é isso que mais apavora Raul, que o faz encolher-se e apequenar-se dramaticamente diante de mim.

E se Alonso soubesse?

Alonso, que admiro tanto ou mais do que meus próprios filhos e netos. Alonso, que se transforma em espelho em minhas aulas, no qual me vejo quarenta anos antes, cheio de vida e de convicções.

Eu era Alonso quando fui preso. Eu sonhava como Alonso quando fui preso. Eu me acreditava imortal quando tinha a idade de Alonso e me divertia plagiando Neruda para arranjar namoradas. Eu queria mudar o mundo como Alonso ambiciona, e ainda não havia Raul naquela pequena cela escura me fazendo companhia.

Meteorologista.

Será que ele teria coragem de contar para Alonso de onde saíra aquele ofício?

Seria crueldade demais. Desnecessária.

Alonso não é bobo. Cedo ou tarde ele irá descobrir. Não precisará de mim. Talvez um dos velhos companheiros do avô. Talvez um amigo ou professor da universidade para onde ele irá no próximo ano com os meus melhores e mais sinceros elogios. Qualquer um. O mundo está cheio de mensageiros do caos, propagadores de sofrimento e dor. Alguém contará, ou ele descobrirá sozinho. Não, não serei eu quem falará. Sinto uma vontade louca mas não o farei, pois amo demais esse rapaz, não vou magoá-lo dessa maneira. A mim basta ver o medo nos olhos de Raul. O tremor de sua mão, que paira nos segundos intermináveis em que ele a oferece para que eu a aceite e a estreite num aperto cordial...

Como se fosse possível!

As condições meteorológicas ficavam bem ruins quando Raul chegava até nós, dizia-se na prisão alguns meses depois da morte de Allende e da minha prisão dentro da sala de aula. Uma escola pequena, das mais interessantes, com alunos cheios de vida, atualmente quase todos mortos, os mais afortunados enterrados em qualquer cemitério, a maioria sepultados na vida que levam hoje em dia. Três quarteirões da esquina entre Providência e Suécia, um pouco mais distante do Juan Valdez, onde tomo meu café bem forte e me sento com todos aqueles fantasmas para chorar em silêncio a morte insepulta do melhor que havia em nós.

Como você está pequeno agora, Raul...

O 914 balança, preso aos fios e às amplas ruas de Valparaíso, e eu o contemplo.

Você era imenso naqueles tempos, Raul. Tinha poder. Força. A arrogância daqueles que sabem ter a vida de muitos ao alcance de suas vontades, e brincam com ela como o gato que se diverte com o rato espetado no capricho afiado da ponta de suas garras.

A pálpebra direita ainda lhe cai sobre o olho. Um traço oblíquo e enrugado. Uma nesga de apreensão...

Acaso vejo um arremedo de lágrima?

Arrependimento?

Duvido muito.

O que o ilumina e faz brilhar nada mais é do que o medo do desmascaramento. Ficar nu, despido da máscara sorridente e por vezes bonachona – você e Alonso estavam rindo e brincando um com o outro quando embarcaram – por trás da qual esconde pessoas como eu, o apavora.

Ele gosta de Neruda, não é mesmo?

Ironia. O neto de Raul gosta de Pablo Neruda. Recita poemas inteiros de Neruda e, quando esteve em La Sebastiana, perdeu-se entre as tantas coisas do poeta.

Raul talvez finja. Talvez encontre modos e maneiras de não ouvir. Algumas pessoas são especialmente talentosas em se tornar surdas e invisíveis. Raul é um entre os melhores de sua espécie. Aliás, a seu modo e do seu jeito, ele também apreciava Neruda. Nas noites intermináveis em que não nos permitia dormir ou em que nos espancava, muitos de nós éramos obrigados a recitar trechos inteiros enquanto apanhávamos.

Um comunista deve apreciar outro comunista o bastante para saber recitar suas palavras de cor, não era o que dizia?

Pequena
rosa,
rosa pequena,
às vezes,

Diminuta e desnuda,
parece...

Los versos del Capitán. O único entre tantos que ainda apreciava. Carregava sempre um exemplar sujo, velho, realmente ensebado, e nos obrigava a ler enquanto batia. Desmaiei enquanto lia. Acordaram-me com água fria e violência. Obrigaram-me a continuar lendo. Apanhei mais um pouco antes de aprender a alhear-me dentro daquelas palavras, refugiar-me na dor mais profunda para não sucumbir a ela; para não apanhar ainda mais se desmaiasse. Guardo este livro dentro de mim. Guardo um ódio imenso dentro de mim. Recito todo dia cada verso daquele livro para não desaprender a odiar e para compreender porque sobrevivi. Sobrevivente, sou testemunha. Testemunha, sou fiador. Fiador, falo para que nunca mais se repita nem se acometam pessoas tão nobres quanto Alonso, o meu melhor aluno, aquele por quem esperei a vida inteira e que justifica tudo o que fui, sou e fiz dentro das muitas salas de aula em que estive e das tantas de que fui tirado.
Um dia enlouqueci...

Vou lutar em cada rua,
atrás de cada pedra.
Teu amor também me ajuda:
é uma flor fechada
que me enche cada vez com seu aroma
e que de repente se abre
dentro de mim como uma grande estrela.

Raul não gostava deste poema...

Amor meu, é de noite...

O único em *Los versos del Capitán*...

E assim esta carta se acaba
sem tristeza alguma:
sobre a terra estão firmes

os meus pés,
minha mão escreve esta carta
no caminho,
e no meio da vida estarei
sempre
junto ao amigo, perante o
inimigo,
com teu nome na boca
e um beijo que jamais
se separou da tua.

Apanhei. Apanhei muito e por muitos dias. Estupidez da minha parte. Um gesto desesperado de humanidade que qualquer um temeria perder naquelas circunstâncias.

Melhor fingir para nada sentir. Melhor alhear-se por completo para não sofrer. Refugiar-se no desespero, derradeiro castelo de minha sanidade, do humano que resiste à brutalidade, materializou-se naquele poema recitado até sobrevir a inconsciência, o único entre todos daquele livro, que ele detestava.

Esperei a morte, mas ela não veio. Ele veio e outros como ele durante certo tempo. A violência silenciosa. As perguntas irrelevantes feitas por fazer, talvez para justificar os golpes e as pancadas, para dar propósito a ambos. Não permiti que a morte me alcançasse. Numa daquelas noites em que meu braço direito estava quebrado e eu mal conseguia abrir os olhos, de tão inchados que estavam, jurei a mim mesmo que não sucumbiria àqueles homens e àquela violência sem fim. Sobreviveria. Sobrevivi.

Para quê?

Nem sei bem. Promessas feitas em tais momentos são promessas, gestos de desespero que não guardam muito ou mesmo nenhum significado maior. Muitas vezes simplesmente esquecemos o que prometemos e até nos surpreendemos diante das promessas feitas. Foi apenas uma promessa e hoje, agora, nesse momento, olhos fixos na mão estendida e trêmula a minha frente, talvez fique fácil pensar em qualquer coisa, em muitas coisas.

Minha família.

Minha mulher.

Meus filhos.

Minha mãe chorosa.

Os amigos mortos e os que haviam conseguido fugir.

Os amigos que haviam me desapontado ao me entregar, mas que depois perdoei, por saber que resistir à tortura e à humilhação é praticamente impossível e que somente os loucos como eu, ou os que temem a ambas e, portanto, se submetem, delas escapam.

Os que me detestavam, como o cunhado, capitão Hernen Guzman, orgulhoso de suas dragonas e atualmente vivendo uma vida pacata e tranquila sem nenhum drama de consciência numa casinha bonita e confortável a poucos quilômetros de Frutilar. Aquele que desembarcou da viatura dos Carabineiros armado até os dentes e cercado de soldados; o mesmo que me prendeu no banheiro e mal me permitiu vestir uma calça; aquele que me entregou nos portões do Estádio Nacional e tempos depois, quando me encontrou num bar em Providência, desculpou-se dizendo que apenas cumpria o seu dever.

Meus alunos seguramente seriam um bom argumento, pois hoje, às portas da aposentadoria inapelável, são a razão de minha vida.

A raiva. É, a raiva seria uma boa explicação. A revolta, mas antes a raiva que senti durante meses. A raiva por estar preso. A raiva por não aceitar estar preso. A raiva por ter sido preso por alguém que apenas alguns dias antes estivera no aniversário de um de meus filhos e partilhara de minha confiança e de minha amizade. A raiva por estar sendo espancado sem qualquer explicação a não ser, talvez, para aplacar ou alimentar os piores instintos de homens que jamais vi novamente, a não ser naquele momento em que Alonso subiu no 914 na companhia do Meteorologista e, ao me ver, apresentou-o como seu avô.

Quanta raiva!...

Que pena...

Meu coração se apertou, um sentimento indefinido entre decepção e constrangimento, ao descobrir que o avô de meu melhor aluno é o solitário habitante de minhas noites intranquilas, o fantasma que assombra a escuridão de meu quarto cada vez mais vazio.

O que dizer?

O que fazer?

Como fazer?

Não fiquei chocado, revoltado, nada assim. Fiquei preocupado.

Como esconder meus sentimentos daquele rapaz e como evitar não me entregar imediatamente a eles ao ver aquela criatura fragilizada, porém ainda empertigada e arrogante, que o acompanhava e que me lançou às sombras mais infames de um passado que eu jamais abandonei?

O que eu deveria dizer?

Deveria dizer alguma coisa?

Quis gritar, matar, xingá-lo, bater-lhe com o que quer que estivesse em minhas mãos naquele instante, estrangulá-lo, gritar as mais terríveis, porém verdadeiras, acusações, cobri-lo com a culpa de muitas e muitas mortes.

O dia mais feliz de minha vida foi aquele em que, mais morto do que vivo, sacudindo no fundo de uma viatura militar, entrevi a fachada de La Sebastiana, a casa de Neruda em Valparaíso, e ouvi Raul, sentado à frente, ao lado do motorista, virar-se e displicentemente balbuciar:

– Cansei-me de você...

Acreditei que fosse me matar. Pensei que aquele seria o meu último dia de vida. Imaginei outras tantas situações bizarras em que me veria em suas mãos sacolejando pela viela estreita a caminho do porto. Semimorto. Semi-homem. Semiconsciente.

– Obrigado...

A única palavra que consegui dizer. Nem sei exatamente o porquê. Para quê. Apenas disse.

Por que disse?

Tudo é uma enorme e fria escuridão. Um amplo e árido nada. Um gélido e interminável momento que se eternizou mesmo depois que abri novamente os olhos e descobri que estava vivo.

Para quê?

Tive que encontrar um novo significado para mim, algo que fosse mais forte do que as marcas que ficaram espalhadas por todo meu corpo, mas bem entranhadas em minha alma. Mulher. Filhos. Família. Amigos. Poucos amigos. Medo. Sempre o medo. O medo sempre para assombrar, mas também para infundir coragem, para portar sempre as mesmas e terríveis lembranças da pequena temporada passada no inferno das vontades daquele homem que ainda encontro, mesmo depois de tantos anos, por trás da caricatura patética de tudo que ele foi e que, assim que me viu e reconheceu, se esforça para ainda aparentar ser.

Não, não é mais. O brilho dos olhos ainda é duro e impiedoso. A vontade que escava fundas rugas pelo rosto ossudo e malsão e retesa cada músculo em torno do pescoço, uma vontade férrea e inquebrantável. A mandíbula ainda assoma para a frente como um poderoso aríete – está trincando os dentes, posso ouvi-los ranger e estalar selvagemente, como nos meses de intensa determinação e igual impaciência. No entanto, tudo não passa de uma frágil cortina de fumaça. Vejo o que realmente sente. Sinto no ar o cheiro de sua enorme ansiedade. O corpo magro e quebradiço, frágil, recende a apreensão e medo.

Ímpeto. Descomunal, inacreditavelmente grandioso. Um grande ímpeto de contar tudo. Desabafar. Talvez até cuspir nele, como fiz com outro quando cruzei com ele trabalhando numa pequena loja de conveniência na Guarda Vieja.

Eu sofri. Eu perdi. Eu tenho muitas marcas pelo corpo. Eu fui humilhado. Eu tenho esse direito. Eu tenho esse direito. Eu tenho esse direito. Eu tenho todo o direito do mundo. Paguei por ele com a minha vida e com o sono que não encontro mais desde aquele dia em que passei por La Sebastiana e fui deixado na rua para morrer.

Olho para Alonso. Ele sorri. A mão de seu avô continua esten-dida. O 914 vai lentamente por Valparaíso, alheio ao que se passa dentro de suas suíças estranhas. Um estalo. Um lampejo de luz na fricção dos cabos que o prendem ao seu destino. Faz frio. Um ven-to gelado sopra da baía. Vejo rostos anônimos pela janela. Felizes. Carrancudos. Alheios. Preocupados. Desconhecidos. Os rostos que povoavam minha vida se foram. Restam poucos que possa reco-nhecer. O tempo passa. Passo com ele. Destino comum. Meu. Do Meteorologista. De Alonso, que continua sorrindo para mim e para o avô, pleno de satisfação.

Ah, se ele pelo menos imaginasse...

Meu melhor aluno. Minha última e grandiosa satisfação an-tes da aposentadoria. Criança contente. Orgulho e vida nos olhos brilhantes de infantil felicidade. Conheço aquele olhar. Vi muitos. Alunos tão bons quanto ele.

Alonso.

Não, eu não podia fazer tal coisa com Alonso. Confesso que me acovardei. Seu sorriso me atingiu mortalmente em meio a tan-tas e dolorosas recordações. Lançou-me frente a frente, desarmado com a raiva que sentia, e eu desisti dela.

Para quê?

Por quê?

O tempo passa. As coisas mudam. A vida se torna relativa quando a sombra do fim nos alcança.

Tudo é inútil. Todos os sentimentos. Os bons e os ruins. Tudo o que é sólido ou aparenta consistência desfaz-se como fumaça. Ilusão. Abstração, como o tempo e as maiores ambições e desejos.

A grande lição, a melhor, fica para o fim. O fim da vida, é claro.

Nada vale, nada justificaria fazer aquele rapaz sofrer. Talvez eu estivesse errado, mas admito que me acovardei diante da pos-sibilidade de dizer-lhe tudo o que gostaria acerca de seu avô. Que outro o fizesse, pois eu não tinha muito tempo e pretendia aprovei-tar o pouco que, apesar de não saber com certeza, pressentia ter com coisas melhores, como um delicioso passeio no 914 através de meu grande e derradeiro amor, Valparaíso. Quem sabe desse uma passadinha rápida em La Sebastiana. Uma das mocinhas poderia se descuidar, e eu talvez pudesse me sentar na poltrona favorita do poeta e contemplar a grande baía e o delicioso caos colorido de minha cidade.

O que poderiam fazer?

Bem, talvez traçar círculos no ar junto às têmporas e definir--me como um velhinho gagá.

Pouco importa. Nada importa. Talvez a felicidade de meu aluno ainda importe um pouquinho, o suficiente para eu finalmente abandonar o meu imobilismo letárgico e apertar aquela mão que abomino e que pairava no ar, terrível constrangimento, há quase um minuto.

– Muito prazer.

Foi tudo o que consegui dizer sem trair a falsidade de minhas palavras. Um grande peso, como que por encanto, descolou-se de meus ombros e fez o corpo do Meteorologista curvar-se um pouco mais. Ninguém viu, apenas eu. Ninguém se importou. Apenas eu.

Alonso continuou sorrindo.

Que felicidade bonita a daquele menino...

Seu avô baixou a cabeça e parecia não ouvi-lo enquanto ele tagarelava sobre isso ou aquilo.

Minha última grande sobrevivência seria fugaz, mas grandiosa. Possivelmente dormiria muito bem naquela noite e seria um longo sono. O mais longo e feliz que eu teria.

Na pior

A quem eu poderia contar o que aconteceu?

Como contar sem morrer de vergonha?

Melhor não. Prefiro o silêncio.

É isso que a dona Vera não entende. Ela fica perguntando, me cercando, querendo saber, dizendo que sabe que não estou bem, que desabafar ajuda nessas horas, que eu não posso continuar calado, que eu tenho de enfrentar seja lá o que passei e, a "melhor" delas, que sabe como estou me sentindo.

Sabe nada!

Como poderia?

Ela não passou pelo que não me deixou dormir. Pelo que não me deixa dormir.

Não enche, dona Vera!

Tem horas que ela me enche tanto que sinto vontade de dar um soco na cara dela.

Vai dar a sua aula e me deixe em paz!

Que saco!

Essa tristeza é minha. A raiva é minha. A vergonha é minha. A humilhação é minha. Não pretendo repartir nada com ninguém. O que sinto é tudo o que me resta. Ninguém pode me tirar isso. Ninguém pode me tirar disso.

Pensa que ela desiste?

Ela fica atrás feito cachorro. Durante a aula, não tira os olhos de mim.

Chata!

Odeio isso. Guardo para mim.

O que posso fazer?

Não posso reclamar. Se reclamo, o porquê virá em seguida, e a minha vida ficará pior do que é agora, vai deixar de ser esse inferno frio de noites sem sono e vontade de nada fazer, a não ser fugir de lembranças que não saem de mim, desse corpo que treme e que odeio tanto, meu corpo, essas novas sensações desagradáveis, essa vontade de, loucura, sair dele o mais depressa possível, libertar-me, como se fosse possível.

O que é meu e somente meu escapará por entre meus dedos e escorrerá vida afora, para que todos dele se apropriem sem o meu consentimento.

Não quero. Não posso. Não desejo.

O que há com essa professora?

Será tão difícil compreender isso?

O inferno deve ser um lugar cheio de pessoas bem-intencionadas – pois elas são, acredite, por ingenuidade ou qualquer outro sentimento tão poderoso quanto indesejável – que podem nos levar a grandes desgraças, monumentais tragédias.

Por que não podemos deixar tudo como está?

Por que não posso ficar sozinho no meu canto, a sós com essa dor angustiante, mas minha, apenas minha?

Não quero falar sobre o assunto, pois estou tentando esquecê-lo.

Droga, quantas letras eu preciso para construir uma frase convincente o bastante para que ela largue do meu pé?

Não quero falar sobre o assunto, pois falar me leva a pensar a respeito, e eu quero apenas esquecer. Quanto mais ela insiste, mais eu penso e, quanto mais eu penso, mais o inferno permanece, o medo cresce – e se ela for à diretoria e contar o que pensa que sabe?

Vão chamar meu pai, fazer a minha mãe sofrer, meus amigos saberão e a Nata vai saber.

Como poderei encarar a Nata se ela souber?

Tudo bem, acho que ela desconfia. Mas desconfiar não é saber, e tenho certeza de que a Nata acredita em mim. Nada do que disserem ou insinuarem vai fazer que ela pense mal de mim.

Amo a Nata. Estamos namorando há quase três anos. Eu me mataria antes de lhe causar qualquer decepção, por menor que fosse. Pior, apenas se ela soubesse, acreditasse e continuasse comigo por pena. Não quero a pena de ninguém, muito menos da Nata. Só quero que ela me ame. Eu vou superar isso se me deixarem em paz. Vai passar, eu tenho certeza. Mas a dona Vera...

O que é que há com essa professora?

Não tem os próprios problemas dela? Por que se ocupar dos meus?

Me deixe em paz!

Pensa que ela me ouve?

Nada. Nem um monossílabo. Parece uma doida varrida querendo levar alguém ao rio, mesmo que esse alguém não esteja com sede.

Não quero nada. Quero apenas ficar na minha. Meu canto me basta. Minha dor não pertence a ninguém. Tudo o que estou sentindo é apenas meu. O que aconteceu, aconteceu e pronto. Ponto-final. Não quero partilhar, dividir ou qualquer coisa que o valha. Prefiro esquecer. Faltam poucos dias para o fim do ano. As provas finais são na semana que vem, e eu já tenho notas suficientes para passar. Faço o vestibular, passo e saio desta escola. Ninguém vai precisar saber e, na universidade, serei apenas outro. Começarei de um zero tranquilizador e anônimo.

Não dá simplesmente para respeitar a minha decisão?

Por que o mundo está cheio de adultos idiotas que acreditam saber o que é melhor para a gente?

Acho que ela quer tanto me salvar porque não consegue salvar a si mesma.

Ultimamente tenho olhado mais atentamente para dona Vera. Tenho ouvido mais e acreditado mais no que se diz sobre ela, não só entre os alunos, mas entre os outros professores.

Vidinha. Divorciada, os filhos moram com o pai em São Paulo. Nenhuma amiga entre os professores do colégio. Solidão de um apartamento em Água Santa. Uma garota do nono ano a chamou de "coisista", pois ela coleciona coisas. A casa dela é cheia de coisas. Camiseta com alguma mensagem. *Jeans* surrados. Tênis. Cabelos longos, grisalhos, presos num desleixado rabo de cavalo. Óculos de aros finos. Magricela. Algo próximo dos quarenta e não muito distante dos cinquenta. Liderou o piquete da última greve da escola. Mochila nas costas. *Pins* de todos os gostos presos nela. Ecologia. GLS. Defesa de todas as causas do mundo. A revolução será amanhã e triunfará, se bem que ela dá a impressão de não saber exatamente que tipo de revolução nem quem, afinal de contas, a liderará. O aquecimento global é a bola da vez. Não se fala noutra coisa. A culpa de tudo é do aquecimento global, do terremoto no Chile à capacidade peculiar de Barack Obama de matar mosquitos em pleno ar e em rede nacional.

Dona Vera quer me salvar e parece estar precisando de alguém que a salve, a começar dela mesma.

Por que ela não pode me deixar em paz?

Meu problema é meu, pois sou vítima dele. Não quero compaixão. Detesto complacência, indulgência, paternalismo. Não tenho dezoito nem cruzei aquela fronteira mágica onde deixamos de ser criança para ser adulto – que troço mais idiota, não? –, mas sei o que quero e o que não quero; e não quero falar do que aconteceu. É meu. Fica comigo. Para mim e apenas para mim.

Tudo bem, quem estava comigo também sabe, mas se ninguém falou nem ao menos insinuou, escapando de qualquer responsabilidade. Por que falar? Para que contar?

Problema meu. Eu o resolvo e resolvi esquecer. Simplesmente deixar o tempo passar e apagar tudo. Tenho certeza que, quando eu voltar a dormir, reencontrar o sono perdido desde aquele dia, tudo estará bem...

Me deixe em paz!

Desconverso:

– Contar o quê? Não há nada a ser contado, professora!

Ela não desiste. Insiste. Diz que sabe, apesar de eu não fazer a menor ideia de como sabe, pois quem poderia falar não o fez, tenho certeza. Foi o que ele me garantiu quando quis me oferecer um pouco mais do mesmo e eu o agredi com uma pedra e quase o matei de tanto bater – cara, nem sei como fiz isso, mas fiz.

Ela muito simplesmente disse que basta olhar para mim. Meu gestual, meu silêncio e mais uma dezena de sinais que ela identificou e que a qualificam a ter absoluta certeza de que preciso me abrir, contar o que aconteceu.

Não quero!

Foi pior. Eu deveria tê-la deixado sem uma resposta, a sós com suas dúvidas e insinuações. Admitir que não queria contar, fosse lá o que fosse, só lhe deu a certeza de que havia algo a ser contado. Dona Vera continuou insistindo, me acompanhando pelos corredores, sussurrando em meus ouvidos, despertando a suspeita dos outros e o ciúme de Nata.

– O que essa professora tanto cochicha em seu ouvido, cara?

Dei uma de desentendido.

– Ela está dando em cima de você?

Zombeteiramente sorri e garanti:

– Ela não faz o meu tipo.

Nata não acreditou. Mais uma me enchendo de perguntas. Buscando respostas. Um inferno. Quanto mais eu me recusava a tocar no assunto, mais as duas, por caminhos diferentes e razões ainda mais diferentes, ficavam atrás de mim.

Perguntas. Perguntas. Uma quantidade incalculável de perguntas sempre iguais, e eu querendo esquecer algo que as duas, por caminhos diferentes, não me deixavam esquecer; e aquelas imagens se repetindo em minha mente, tirando meu sono, me irritando, me deixando com raiva, desespero; por fim, desespero.

Estou na pior. Tenho o olhar de todos sobre mim e não mais apenas o de dona Vera ou o de Nata. Todos estão se perguntando. Comentários. Quebra-cabeças começam a ser montados por alguns, e os boatos mordem meus calcanhares como monstros temíveis na escuridão de meu desespero. Temo que descubram. Temo que saibam. No entanto, temo ainda mais os rumores que estão por todos os lados. Todos me olham de maneira diferente. Risinhos. Sarcasmos. Dei um soco em um cara do oitavo ano que me disse alguma coisa que não entendi bem, mas que pensei ter entendido e falava do... do...

– Eu só perguntei se o professor de Física estava na sala dele!...

Todo mundo é um inimigo disposto a tripudiar da minha situação. As pessoas se afastam de mim. Briguei com Nata. Voltamos ontem. Notei um brilho diferente em seu olhar.

Seria pena?

Não quero pena. Muito menos compaixão. Não preciso nem de uma coisa nem de outra. Medo. Muito medo.

Ela já sabe?

Tem horas que dá vontade de matar dona Vera. Ela não para. Ela insiste. Ela quer que eu conte o que não quero contar e me garante que me sentirei bem depois que o fizer.

Por quê?

De onde ela tirou toda aquela certeza?

O que é toda aquela certeza?

Inferno!

O que essa mulher tanto quer com toda essa insistência?

Salvar-me?

De quê? De quem?

Eu não quero ser salvo. Minto, quero ser sim. Quero ser salvo dela e de todo aquele altruísmo esquizofrênico que anima seus dias e que faz da vida de outros um inferno permanente.

Passo as noites sem dormir, vendo aquelas imagens, as mesmas e, estranhamente, relembrando-as de modos diferentes, ângulos novos de um filme conhecido e especialmente cruel. Sinto-me como um criminoso. Sinto-me sujo ou, pelo menos, impuro depois de cada noite com tais pensamentos. Ouço a voz de dona Vera por trás de cada um deles. Lembrar é pensar, e eu não quero pensar mais naquilo. Eu queria esquecer e nada mais. Impossível. Dona Vera não permite. Fustiga. Persegue. Cochicha. Sorri, generosa mas cada vez mais intrometida, entrando em minha vida, querendo me dizer o que é bom e o que é ruim, o certo e o errado. A sua simples presença me constrange e, mais recentemente, me irrita.

Quem a elegeu palmatória do mundo?

Por que não vai cuidar da própria vida e deixa a minha em paz?

Eu já tenho problemas demais. Não sei bem o que quero ou espero de mim mesmo. Fantasma, assombro a minha própria vida e sinto-me constantemente assombrado por outros tantos fantasmas bem reais, de carne e osso, dona Vera o mais constante deles. Evito-a. Baixo os olhos quando ela me encara. Não quero ouvi-la mais. Não quero saber o que ela acha ou pensa. Quero só acabar este ano, sair da escola e ficar o mais distante possível dela.

Acreditei que seria fácil ignorá-la e tudo que dizia. Fechar os olhos para não vê-la. Sequer sentir o seu cheiro. Submergir no mar de cabeças, trocar de lugar, ir para o fundo da sala. Com o tempo e o fracasso de suas detestáveis boas intenções, acreditei que talvez ela me deixasse em paz e fosse atormentar outro.

Não se salva quem não quer ser salvo, não é mesmo?

Angustiado, vi mais uma vez fracassar meus planos diante da determinação daquela mulher infernal.

Por que eu?

Por quê?

Ela me alcançou no fundo da sala. Continuou me perseguindo pelos corredores da escola. Chegou a ficar me esperando na saída e me acompanhou no ônibus que me levou para casa, desviando até de seu destino, uma escola no outro lado da cidade.

E a troco de quê?

– Isso não pode ficar assim, rapaz. Você tem que contar pelo menos para a psicóloga da escola. Ela vai saber lidar com isso com todo tato e discrição possível, nem tenha dúvida.

Olhei para ela e não pude acreditar. Nela, no que ouvia e no que via, em tudo. Pesadelo. Pior do que aqueles que me assombravam desde que começaram aquelas mensagens em meu computador e cujas palavras apareciam, vivas, palpáveis – até o cheiro delas, suarentas, sufocantes, animalescas, eu conseguia sentir, dá para acreditar? –, verdadeiros monstros construídos a partir de lembranças ruins, em meu sono intranquilo. Passei a acreditar que ela fosse louca, absolutamente louca. Apenas a loucura explicaria tamanha insistência.

Deito-me intranquilo. Vou para a escola sem vontade e cheio de receios. Olho para o que me cerca e acredito que todos sabem o que aconteceu. Delírio. Chego a ver todos os dedos apontando acusadoramente para mim, como se eu tivesse culpa. O pior é que estou acreditando cada vez mais que sou culpado por tudo o que acontece comigo.

Esquece! Esquece! Esquece!

Grito ordens silenciosas para meu cérebro, mas ele me ignora solenemente. Tudo é lembrança. Tudo está cada vez mais à mercê do que poderia ser, e eu me vejo o tempo todo repetindo a mesma palavra...

Débil monossílabo...

Se...

E se eu não tivesse me enfurnado no computador daquele jeito?

E se eu não tivesse respondido aos primeiros *e-mails* que recebi?

E se, mesmo descobrindo que eram enviados por colegas de sala, eu tivesse simplesmente deletado e esquecido o assunto?

E se eu, por necessitar tanto de amigos, fosse culpado pelo que aconteceu ao aceitar o convite deles?

Não deveria ter ido. Não deveria ter participado. Deveria ter recuado quando tive tempo e espaço, inclusive para correr para longe deles.

Faz-se cada coisa para se ter um amigo, não é mesmo?

Acontece cada coisa quando a solidão nos transforma em pessoas necessitadas, não acontece?

Passei os últimos dias procurando uma boa desculpa para mim mesmo e para o que aconteceu comigo há três meses. Estou bem mal. Beco sem saída. Não encontrei nenhuma e, para piorar, não sei se aguentarei mais chegar na escola todo dia e olhar nos olhos generosos de dona Vera.

Tanto carinho e afeto, aquela preocupação que sei ser realmente genuína está me matando aos poucos. Percebi recentemente algo surpreendente: não é mais o que aconteceu comigo que mais me atormenta e enlouquece. Foi. Não é mais. O que realmente me leva, vagarosa mas bem firmemente, à loucura é aquela professora. Ela, com sua determinação pelo justo e pelo certo, ignorando inclusive o que quero e penso, está me encurralando.

Sei que sou vítima. Essa é a única, verdadeira e grandiosa certeza que sempre tive, desde que me arrastei para fora do beco escuro, a poucas quadras da escola, onde meus colegas me humilharam, me bateram e por fim, me violentaram. Carregarei tal certeza comigo para sempre, reconheço e me aflijo. Inferno portátil. Tão grande quanto aquela pergunta que trouxe comigo daquele lugar...

Por quê?

Nunca me disseram. Mesmo quando me batiam e me maltratavam, nenhuma palavra. Depois, no dia seguinte, quando tive que encará-los, nada. Sequer um risinho ou comentário zombeteiro, mais humilhação. Um deles não consegue mais me encarar depois daquele dia.

Por quê?

Hoje sei que não preciso de uma resposta. Aconteceu. Foi ou não gratuito, isso pouco importa. É passado. O mal maior é dona Vera. Ela e sua insistência. Ela e sua boa vontade doentia, renhida. Ela e todas as suas certezas. Ela e sua vida que não é vivida, mas parece se alimentar da vida de outros como eu, os quais ela, coitados, insiste em ajudar e quer defender, mesmo quando garantimos que não queremos ser defendidos.

Gente assim é perigosa, sabia?

Gente assim mata!

Hoje consegui escapar dela. Durante a aula, ela disse que procuraria minha mãe e lhe contaria tudo – até hoje não sei como ela soube, nem se realmente soube ou se apenas supôs, transformando suspeita em verdade absoluta em muito pouco tempo. Supliquei que não o fizesse, em pânico. Pensei na tristeza de meu pai. Na condenação muda nos olhos dele. Pensei nas lágrimas de minha mãe. Pensei em Nata...

Morri naquele instante, vítima mais uma vez.

Irredutível, dona Vera pensava no meu bem, alegou. Eu ainda iria lhe agradecer. Sorriu.

Pelo quê?

A última pergunta ficou no ar, sem resposta, ou eu simplesmente não quis ouvi-la. Vi meu ônibus surgir na esquina e se aproximar bem depressa do ponto. Estiquei o dedo e sinalizei para que parasse. A decisão veio quando ela acenou, sorridente, e gritou:

– Nos vemos amanhã!

Atirei-me na frente do ônibus.

Tudo menos isso, ainda pensei, enquanto sentia meu corpo se esvair de dentro de mim para uma maré fria que vinha, vinha e vinha, até envolvê-lo por inteiro. Algo pesado me atingiu. Tudo foi girando e girando, perdendo a lógica das coisas, a compreensão de tudo o que fui e fiz à minha volta, reduzindo-se a uma fina nesga de luminosidade através da qual ainda vi o rosto de dona Vera...

– Não toquem nele! Não toquem nele! Pode deslocar alguma vértebra, nunca se sabe, né? Pobre criança...

Sabe de uma coisa?

Ninguém merece...

Jamila

OS soldados vieram numa manhã quente e poeirenta. Nem sei mais quando, porém não faz muito tempo. Saíram da poeira com suas armas assustadoras e uniformes sombrios.

Gritavam. Empurravam. Corriam de um lado para o outro, feito loucos. O helicóptero era um monstro enorme e cinzento, confundindo-se com a areia que nos golpeava e rugia interminavelmente, despejando mais e mais soldados sobre nós. O barulho era assustador. Ainda o ouço nas noites em que tento dormir. Não durmo mais.

Recordo-me do medo nos gestos dos soldados. Naquela língua incompreensível gritavam coisas que não entendíamos, mas rapidamente alcançamos o sentido óbvio.

Morte.

Tinham medo, muito medo. Tinha morte por trás de tanto medo.

– Djinn. Djinn…

Foi quando, acredito, o inferno de Jamila teve início. Não sei ao certo. Tantos morreram. Tão poucos sobreviveram. Nada é mais certo. Tudo é talvez. Tudo é precário. Tudo é tão frágil. Nem mesmo o tempo se conta como era contado antes. O tempo não existe. Andamos em círculos desde que os soldados vieram e mataram até se fartarem de matar, sem proveito algum.

Nem sei bem por que mataram tanto.

Claro, é a guerra, e a guerra é assim mesmo, arranca de dentro de cada um de nós o princípio daquilo que fomos e o que na maioria das vezes nos envergonhamos de admitir: animais. Animais cujo único instinto é o de sobrevivência.

Penso que guerra é isso mesmo. Liberados os instintos, ignoradas as regras reais básicas de convivência, resta simplesmente o matar para não ser morto, a vontade por vezes desesperada de continuar vivo. Só. Nada além. Os belos discursos e as grandes intenções acabam no inferno com os tolos que acreditaram em ambos.

Assim se iniciou o inferno de Jamila.

Nem a visito mais.

A troco de quê faria isso?

Simplesmente para vê-la sofrer por conta de algo que não fez e não poder fazer nada?

De certo modo, o inferno de Jamila é o meu inferno também, pois eu sei o que acontece com ela e não consigo arrancar de dentro de minha cabeça essa lembrança torturante. Demônios multiplicam--se em minha cabeça quando penso em Jamila. Meu inferno é saber que Jamila sofre e nada posso fazer. Meu inferno é saber que Jamila nem sabe muito bem por que sofre, já que merecia carinho ou pelo menos compreensão, depois de tudo por que passou e sofreu.

Parei de visitar Jamila porque ela me faz perguntas que não sei responder. Parei de olhar em seus olhos, pois para o corpo eu já não olhava mesmo, tantas são as marcas que se espalham por ele, pelos braços e pernas. Mal via os olhos, pois seu rosto estava terrivelmente inchado na última vez em que tive coragem de entrar em sua casa.

Meu coração encheu-se de ódio quando cruzei o olhar com seu pai e os irmãos. Xinguei todos eles.

– Covardes!

Onde estavam quando os soldados vieram?

Por que nos abandonaram?

Estaria Jamila pagando pela vergonha que todos sentem por sua própria covardia?

Olhar para ela é como encarar todas as outras mulheres que ficaram abandonadas na aldeia, é enfrentar a própria covardia.

– Covardes! Covardes! Covardes!

Tivesse uma arma e coragem para fazê-lo, se não estivesse confinada nesta cadeira de rodas – razão pela qual os soldados me pouparam, acredito –, eu mesma mataria todos. Os pais e irmãos de Jamila – pois sua mãe, mesmo vendo tudo aquilo, se cala e até concorda com o que se faz com Jamila – e todos os outros homens que só retornaram à aldeia muitos dias mais tarde, quando os soldados já tinham ido embora.

Há uma certa culpa em minha raiva contra todos eles. Eu escapei da dor e da desonra das outras mulheres. Apenas me empurraram e me deixaram de lado, eu e minha cadeira de rodas. Sobrevivi para ouvir os gritos e as súplicas das outras mulheres.

– Soldado americano veio aqui para nos libertar de Sadam!

– Soldado americano não pode ser como soldado de Sadam!

Gritei. Chorei. Desesperei-me porque gritei e não fui sequer ouvida.

Não, não. Eles ouviram. Todos eles. Mas não entenderam.

Os soldados que vieram naquela manhã, com seus pesados uniformes que se confundiam com a tempestade de areia, não nos entendiam; e os soldados, quando não entendem, simplesmente atiram. Dei sorte. Eles apenas me olharam. Trocaram risinhos zombeteiros. Zombaram de mim e da minha cadeira de rodas. Apontaram-me. Alguns empurraram companheiros na minha direção e pelo gesto compreendi, alarmada, que insistiam para que fizessem comigo o mesmo que fizeram com outras mulheres da aldeia durante praticamente um dia inteiro.

Nenhum deles se aproximou de mim. Senti-me contraditoriamente má comigo mesma, menos do que uma mulher, mas ao mesmo tempo, feliz por ter escapado de tal suplício.

Alá é grande!

Fui poupada e salva pela cadeira de rodas que uso praticamente desde criança. Não, não porque sou a professora da aldeia – único lugar em que uma mulher em minha condição, pelo menos aos olhos dos homens que me recusaram mais vezes do que posso me lembrar, até meus pais se conformarem e, de alguma forma, se orgulharem daquilo em que me transformei –, mas por não interessar a nenhum deles. Nada diferente da situação que vivi com os homens da aldeia.

Casei-me com a escola. Sobrevivi até a ela, uma das poucas construções da aldeia e o primeiro alvo do helicóptero quando ainda pousava e vomitava seus ocupantes sobre nós. Escapei à condenação diária sofrida pelas mulheres da aldeia. Felizes as que morreram atingidas pelas balas dos soldados. Essas ainda encontram quem chore por elas. Essas ainda tiveram a possibilidade de serem levadas para Karbala, onde foram enterradas e pranteadas pelos maridos, filhos e irmãos que não morreram ao lado delas, mas se sentiram felizes por elas terem honrado seus nomes. Felizes aquelas que, como eu, não interessaram aos soldados. Pobres daquelas que, como Jamila, sobreviveram e interessaram àqueles homens.

Não gosto de pensar sobre essas coisas, pois meu coração se aperta e mal consigo elaborar minhas aulas, tudo o que me resta neste mundo tão feio e sem esperança. Tento acreditar. Esforço-me para ter esperança. Rezo a Alá para acalmar meu coração tão cheio de falhas e de rancor. Não gosto de ser assim. Eu não era assim antes daquele dia. Eu, como Jamila – minha melhor aluna, um futuro radiante e radioso pela frente –, sorríamos antes daquele dia.

Em que coisa monstruosa nos transformamos, minha doce Jamila?

Minha escola. Meus alunos. Meu único sonho.

Por que tiraram tudo de mim?

Por que eu não morri?

Alá tem algum propósito para mim?

Minhas perguntas se vão sem resposta, sopradas pelo vento que atravessa o pequeno cemitério em que se transformou nossa aldeia depois que os soldados vieram para combater sabe-se lá o quê. Os escombros de minha escola são povoados pelos fantasmas de muitos alunos que só encontro em minha memória. Os poucos vivos se parecem em tudo com os que morreram. São olhos vazios, desesperançados, desinteressados. Apenas ouvem. Nada dizem. Escorrem como sombras. Dois partiram e, na semana passada, fiquei sabendo que explodiram num mercado de Basra em que havia muita gente.

Estou me transformando numa professora sem alunos e sem fé. Cubro-me com as estrelas que teimam em cintilar nas minhas noites de insônia. De olhos abertos, tenho pesadelos com as minhas crianças. Jamila é a mais frequente neles.

Logo depois que os soldados se foram, cuidei dela. Mais do que das outras, cuidei dela. Tratei seus ferimentos. Acalmei o grande medo em seu coraçãozinho de criança. Mas fui incapaz de curar a grande vergonha que afugentou o sorriso de seus lábios e fez que nunca mais olhasse para a frente, mas apenas para o chão poeirento no qual arrastou os pés a caminho de casa quando os irmãos a levaram.

Muitos dias se passaram depois daquele. Mortos foram enterrados. Promessas de vingança foram feitas. Homens sábios de caras amarradas vieram e encheram os ouvidos de todos com mais palavras do que consigo me lembrar. Discursos. Grandes discursos. Ninguém se preocupou muito em reconstruir. Nem sua casa e muito menos sua vida, já que não sobrou nem uma nem outra. Somos escombros vivos. Ruínas de coisas boas que se perderam numa distância incalculável. Vive-se. Somos precários como a própria vida é precária. Nada mais.

Empurrei minha cadeira de rodas durante dias pelas ruas da aldeia. Ainda acredito na minha escola. Bem menos, admito, mas acredito. Perdida essa crença, não terei nada em que me agarrar para aliviar a culpa que não me abandona ou para fugir aos olhares de inconformismo de certos moradores da aldeia que gritam perguntas silenciosas, com a centelha de raiva que me acompanha e faz arder minhas costas...

Por que minha mulher ou minha filha ou minha irmã e não ela, que é apenas isso?

Nada posso fazer a não ser me submeter àqueles olhares e, de alguma forma, tentar compreendê-los ou aceitá-los – o que não consigo, mas tento.

Uns poucos alunos voltaram. Não lhes pergunto a razão. Nem a eles nem aos pais. Muitos até desafiam certos homens que aparecem de tempos em tempos e insinuam que eu deveria parar de dar aulas. Não os conheço. Não sou corajosa e vejo uma certa irritação em seus olhos diante de minha insistência, mas, apesar disso, continuo.

Encontrei Jamila onde deveria tê-la procurado desde o início: na casa de sua família. Ferida. Machucada. Sofrendo. Não eram os ferimentos causados pelos soldados. As feridas que eles deixaram eram bem mais profundas e haviam sido feitas na alma e no espírito de Jamila. Não cicatrizariam tão cedo. Aquelas eram recentes. Cobriam seus braços e pernas. As mãos. O rosto. Inchados. Alguém havia apagado aquela centelha de vida que ainda tremeluzia em seus grandes olhos depois que os soldados foram embora.

O pai. Os irmãos. Eles haviam feito aquilo com ela.

Revoltei-me. Um ódio profundo incendiou minhas faces.

Como podiam?

Acaso não sabiam como ela sofrera e o quanto sofrera?

Que mal fizera?

Ela merecia tal tratamento?

Eles não me deixaram conversar com ela, e, quando perguntei se a veria novamente, ouvi simplesmente:

– Não na escola!

Tive permissão para visitá-la.

Olhei para o pai de Jamila. Ele se parecia com meu pai, e tal lembrança me magoou mais ainda, pois meu pai foi o melhor dos pais que uma mulher em minha condição poderia ter. Fui amada por meu pai. Sofri com ele. Honro-o todo dia, pois sei pelo que passou, as dificuldades que enfrentou e as incontáveis barreiras que teve de ultrapassar para ser o pai de que me lembrarei até o último de meus dias.

Recordo-me de seus longos silêncios nas noites estreladas. As lágrimas que não chorou diante de nós, sua mulher e seus filhos. Como me amou e zelou para que eu fosse o que sou.

Tal lembrança machuca mais, pois o pai de Jamila jamais a perdoou pelo crime que julga que a filha cometeu. Jamila sofre pela vergonha que o pai sente diante de outros, mas, antes de mais nada, diante de si mesmo.

Conversei com os vizinhos. As mulheres falam, muitas porque ousaram sobreviver como Jamila e sofrem como Jamila sofre.

Pensei em reclamar para alguém. Mas para quem?

A família? As autoridades que não existem e um governo que não manda em quase nada? Os religiosos em Karbala?

Realmente acreditei que em Karbala me ouviriam. Errei apenas em dizer para alguém – não me lembro a quem exatamente – o que pretendia fazer. Alguns homens vieram e me tiraram a cadeira de rodas. Por pelo menos três dias, fiquei jogada no chão de uma das salas do que restou de minha escola, até que a mãe de Jamila aparecesse e devolvesse a cadeira de rodas com uma advertência e uma ameaça: era melhor que eu deixasse a família dela em paz ou os homens voltariam e não me tirariam apenas a cadeira de rodas.

Como já disse e reafirmo, não sou corajosa. Meu silêncio falou por mim e eu tive apenas um tímido gesto de ousadia ao fazer um pedido...

– Deixem-me continuar visitando Jamila...

Nem sei por que pedi. Qual a razão para tal pedido. O que conseguiria com aquelas visitas que, por fim, concordaram que fizesse a ela?

O que eu tinha na cabeça?

Teria enlouquecido?

De que valia tal gesto se vê-la sofrendo daquela maneira somente aumentava a minha dor e revolta?

Não faço ideia. Apenas pedi. Fui atendida.

Ia de tempos em tempos. Levava meus livros, mas, quando os irmãos dela proibiram, simplesmente tirando-os de minhas mãos, passei a carregar todos aqueles que conservava na memória e que eles não teriam a menor condição de arrancar de mim.

Detestava a sensação de impotência que crescia dentro de meu coração logo que eu entrava e a encontrava num canto, feito trapo velho, suportando, sem gemidos, sua terrível dor e sina. Revoltava-me nada mudar com o que dizia. A matemática era de uma lógica melancólica e inútil diante daqueles homens que espreitavam do lado de fora da casa. A história de outros tempos e de mundos melhores ou piores do que aquele em que vivíamos em nada mudaria a cabeça dos que batiam em Jamila. A geografia de terras longínquas e diferentes, onde pessoas como Jamila – em seus onze anos de muitas descobertas por fazer na vida – dedicavam-se a sonhar e a se divertir. Um ou outro poema, aquela história engraçada, palavras que em vão se esforçavam para resgatar de algum lugar dentro daquele corpo vazio a casca fria e machucada de uma existência bruscamente abandonada, uma criança muito feliz e sorridente, de grandes olhos brilhantes e dentes alvíssimos, minha melhor aluna.

Jamila.

Por fim, passei a ir cada vez menos. Doía entrar e me deparar com o mesmo espectro macilento, sempre buscando o refúgio na escuridão de um canto daquela casa miserável. Eu chorava ao ver a vida esvair-se de seus olhos, nada além de um par de linhas oblíquas espremidas num rosto inchado de tanto chorar e apanhar.

Em uma das últimas vezes em que a vi, girei as rodas de minha cadeira e rumei bem depressa para fora. Choquei-me contra um de seus irmãos e xinguei-o.

Ficamos nos olhando por certo tempo, até que ele empurrou a cadeira e me derrubou. Como algo sem importância, fui deixada estirada no chão, a poeira redemoinhando em torno de meu corpo trêmulo.

Endireitei a cadeira. Agarrei-me a ela como um náufrago aos restos de uma embarcação. Esforcei-me para me levantar e sentar. Caí duas vezes. Na terceira vez, a cadeira caiu sobre mim. Com o canto dos olhos, entrevi a cortina que fechava a janela de uma casa próxima ser puxada para o lado e dois rostos emergirem da penumbra. Mulheres. Mais velhas do que Jamila. Machucadas como Jamila.

Raiva.

Frustração.

Muito ódio.

Endireitei mais uma vez a cadeira de rodas. Agarrei-me a ela com a certeza de que só a largaria quando estivesse sentada.

Muito esforço. Raiva. Mais esforço. Raiva demais. Sentei-me e, em seguida, desci de volta para a minha escola.

Nos últimos dias tenho lecionado como se não estivesse na sala de aula. Falo, converso, discuto, volta e meia até repreendo os poucos alunos que me restaram. No entanto, sinto-me ausente. Não estou ali, entre eles. Distancio-me de tudo e de todos. Penso em Jamila. Sempre odiei a noite depois daquele dia em que os soldados vieram para nos lançar ao inferno de nossa existência sem esperanças. Fantasmas sempre me assombram durante a noite. Depois da última vez em que vi Jamila, apenas ela assombra minha consciência.

Ando em círculos com minha cadeira de rodas. No telhado, tenho um buraco por onde a lua despeja um fiapo de sua luz azulada para dentro de minha escuridão. Deslizo através dela como um mosquito gira em torno de uma lâmpada. Sem propósito algum. Melhor do que enlouquecer ou, pelo menos, ir enlouquecendo aos poucos.

– Eu daria a minha vida para que você voltasse a ser como era, Jamila!

Ontem, um pensamento, na verdade um desejo bem ruim, fez meu corpo inteiro estremecer. Queria que Jamila morresse.

Senti raiva de mim mesma por pensar em tal coisa. Passei a noite inteira brigando comigo mesma por conta de tal pensamento. De vez em quando me senti tola, como se estivesse pensando bobagem, já que, mais dia, menos dia, Jamila realmente morreria. Na verdade, ela já estava morta quando o pai e os irmãos a tiraram de meus braços. Os soldados a mataram. Mataram o sorriso. O interesse pela vida. Os sonhos. A melhor aluna. Os livros. A grande escola em Bagdá. A universidade. A esperança. Os dentes muito brancos. O sorriso. Por fim, mas não menos importante, a alma. O pai e os irmãos estavam apenas se incumbindo do corpo, do que restara. Vagarosamente.

No entanto, Jamila ainda sofria e sofreria ainda mais – sabe--se lá por quanto tempo! – antes do fim.

Girou, girou e girou a noite adentro, em torno daquele facho de luz que a lua trouxe com a mais bela noite dos últimos dois, três anos. Um cão latiu na vastidão fantasma do deserto que rodeava a aldeia. Uma brisa fria redemoinhou pelas vielas estreitas, lançando poeira sobre as paredes mortas das construções destruídas e habitadas, a maioria delas, unicamente por lembranças, quase nenhuma delas boa. Um brilho intenso incendiava a noite ao norte. Karbala.

Não dormi. Empurrei minha cadeira de rodas para fora da escola. Cheguei com a luz da manhã na casa de Jamila. Aos irmãos que apareceram na minha frente, eu disse apenas:

– Vim me despedir!

Imagino que pensaram que eu estava de partida, pois a satisfação emergiu da sisudez de seus rostos sonolentos.

Deixaram que eu entrasse. Jamila estava no mesmo lugar. Mal se moveu quando entrei e me aproximei.

– Podem me dar um pouco d'água? – pedi.

Trouxeram.

Usei parte dela para limpar-lhe o rosto sujo e inchado. Os dois saíram. Ficamos a sós. Mostrei-lhe o vidro e sorri.

– Eu uso isso para tentar dormir – informei, enquanto entornava todo o líquido que havia dentro dele no copo d'água. – Não serve para mim, pois eu não durmo mais. Nunca mais... – ajudei Jamila a beber e concluí: – Mas acredito que você vai conseguir...

Ela bebeu tudo. Bem depressa. Um último brilho de compreensão e agradecimento incendiou seus olhos tristes, e a lágrima que brotou em meus olhos acariciou os dela, ao mesmo tempo que escondi o vidro na manga de minha velha blusa.

Um dos irmãos apareceu. Rugiu algo. Não entendi. Ignorei. Girei a cadeira com força sobre as rodas e enchi meus pulmões com todo ar que pude encontrar naquele cubículo escuro e hostil.

– Adeus...

Ele pensou que eu me despedia dele. Engano. Eu me despedia dela. Jamila. Naquele dia não teve aula. Eu me tranquei em minha escola, ou no que sobrou dela, e dormi. Finalmente em paz.

O Natal em que papai voltou pra casa

Os frágeis usam a força;
os fortes, a inteligência.

Augusto Cury, Ser família

NAQUELES tempos a gente morava em Bonsucesso e vovô, quando vinha visitar a gente, descia do ônibus em frente à escola das Pioneiras Sociais, voltava um pouquinho e ia subindo a rua Olga, com aquele sorriso bem grande debaixo do bigodão branco que resistira a tudo, até mesmo quando os homens vieram e levaram meu pai. Naqueles tempos, apenas meu avô visitava a gente, pois depois que meu pai foi levado, ninguém aparecia lá em casa como antes, e até os vizinhos mais chegados nos evitavam na rua, no Xepinha e até na porta da escola, como se tivéssemos doença ruim. E meu avô não permitia que meus dias continuassem parados naquele dia em que meu pai se foi para não mais voltar. Era ele que subia a rua Olga assobiando a "Canção do expedicionário" – é, gente, meu avô lutou na guerra, lá na Itália, e falava disso de vez em quando. Falava, mas não gostava…

– Guerra não tem graça nenhuma, transforma a gente em animal!

Falava e, quando sorria, dava para ver o que ele chamava de "sorriso italiano", uma dentadura feita pelos americanos depois que ele e um monte de amigos perderam todos os dentes na guerra. Culpa do frio que fazia, informava. Mesmo depois da guerra, sempre que fazia frio, o vô tremia todo. Odiava até chuvinha. Amava o sol. Da lembrança gostosa daqueles tempos, apenas seu "sorriso italiano" e as brincadeiras nojentas que fazia quando eu ameaçava entristecer, pensando no meu pai.

Ah, ele não deixava.

– Quando meu pai vem me ver?

A pergunta feria. Machucava. Doía demais.

Não em mim. Eu pensava em meu pai, sentia sua ausência, os livros empilhados e abandonados onde ele os deixou quando os homens chegaram e o levaram sem dizer muita coisa. Eu andava pela casa perseguindo seus passos e esparramando-me na cadeira onde ele gostava de se sentar para ler seus livros, corrigir as provas dos alunos, cochilar – como meu avô, depois do almoço de domingo, barriga forrada de macarrão e o ar sorridente de quem estava em paz, uma paz profunda, indescritível diante de qualquer palavra. Os retratos na parede. A rede. O jaleco ainda sujo de giz que ele tirou antes de ir embora com aqueles homens que voltam de vez em quando e fazem minha mãe ficar nervosa e, quando eles vão embora, chorar.

Eu também fazia minha mãe chorar quando perguntava.

Mas o que eu podia fazer se queria saber e ninguém me dizia?

Não queria que minha mãe chorasse. Não entendia por que ela chorava. Ela não falava. Só chorava. De dia. De tarde. De noite, principalmente de noite, quando as cigarras ficavam alimentando a certeza de que teríamos um dia quente, de sol forte, logo que a manhã chegasse e eu ficasse olhando com curiosidade para seus grandes olhos vermelhos e inchados, para o cansaço de seu rosto que não dormia e só fazia se esforçar para fingir que não sofria como eu sabia que sofria. Nessas horas, eu desconversava. Falava

alguma bobagem – e eu era bom nisso quando queria ou quando pretendia fingir que não via o que certamente via. E se meu avô estivesse por lá, ele também vendo as lágrimas, eu me agarrava a ele e juntos marchávamos pela Dona Isabel até a Praça das Nações. Nem eu e muito menos ele dizíamos qualquer coisa. O silêncio entre nós era um grande tagarela e falávamos por meio dele e dos vários olhares que trocávamos.

Na praça, ficávamos vendo o trem passar abarrotado de gente e os velhos ônibus fumaçando sabe-se lá para onde. Espichássemos o pescoço um pouco mais e ainda dava para ver os fios do ônibus elétricos da CTC passando na rua Uranos, faiscando e assustando. O silêncio só acabava no Cine Melo, logo depois de um dos filmes de Giuliano Gemma, de quem meu avô era fã dos mais devotados. (Acredita que ele sabia quantos tiros o ator deu durante *O dólar fura-do*? Ele viu tantas vezes que se deu ao luxo de contar, acredita?) Mas a gente falava do filme e só bem depois, chegando em casa, falávamos das lágrimas da mãe ou da ausência do pai.

Muitas vezes eu ficava tão encafifado com aquelas lágrimas de minha mãe, somadas ao sumiço de meu pai, que queria saber se uma coisa tinha a ver com a outra e por que ele não voltava. Nessas horas, eu preferia que meu avô me falasse das coisas da vida, pois ele não me achava um bobo, não me tratava como tal, ou mesmo pensava que eu era um idiota. Meu avô não contava historinha, nem ficava mentindo com convicção para parecer verdade.

Ele não disse que meu pai tinha ido dar aulas num lugar distante, lá para as bandas de Samarcanda. Quando eu era criança, adorava ouvir esse nome. Era bonito e parecia tão distante que meu cérebro ia fantasiando sem parar, para tudo quanto era lado, e criava mundos inacreditavelmente fantásticos. Samarcanda. E eu nem colocava um "k" como brasileiro bobo, que enche o nome de "k", "w" e "y", sabe-se lá por quê, e para complicar a vida dos coitados lá do cartório. Também não disse que ele saíra de férias, ficara doente de um mal especialmente contagioso e perigoso, ou que era um agente secreto (sua identidade secreta, sabe como é que é, não?) numa missão arriscadíssima, em meio a agentes internacionais malvados com olhos puxados e unhas grandes, que pensavam em destruir o mundo. Não, meu pai não era o grande defensor dos frascos e comprimidos, como o vô gostava de brincar.

– Ele foi preso, meu filho!

Curto e grosso. Sincero também.

Esse era o meu avô. Homem sábio que tratava criança como gente e não ficava entrincheirado atrás de "inhas" e "inhos", reduzindo o tamanho de tudo, como se criança falasse língua diferente.

Tudo bem, nos meus alegres oito anos bem vividos, eu fiquei meio perdido no início.

Preso?, pensei, para em seguida perguntar a mim mesmo: *E não é só bandido que vai preso?*

Meu pai roubou alguém? Xii, meu pai matou alguém?

Nem matou nem roubou. É, gente, o vô explicou tudo direitinho. Complicou, mas não enrolou – o vô não era dado a tais firulas. Ele não era candidato a Mister Simpatia. O vô falava o que pensava e o pai herdou esse grande defeito, segundo ele.

– Quem fala o que quer ouve o que não quer e, em certas ocasiões, vai para a cadeia por isso!

É, gente, foi o que meu pai fez. Falou o que pensava. Viu o errado e, ao contrário da maioria, tanto de ontem quanto de hoje em dia, não ficou calado e, pior, continuou falando para os alunos dele numa das escolas onde dava aulas de história. Um dos alunos não gostou e contou para o pai, que era capitão do Exército. O capitão foi até a escola e pôs o dedo no nariz do meu pai. O resto o vô censurou, pois disse que havia algumas palavras que criança não deveria ouvir e muito menos repetir. Bateram boca. Naqueles tempos, que o vô identificou como ditadura (e depois explicou), quem mandava no Brasil era gente como o tal capitão. Falar contra o que eles faziam não era muito inteligente (para dizer o mínimo), e o pai foi preso.

Puxa, na hora eu fiquei com raiva. Raiva do tal capitão. Do aluno tagarela. Dos homens que levaram meu pai. E sabe de uma coisa, até do meu pai...

– Por que é que ele não ficou calado?

O vô explicou que tem gente que infelizmente não consegue. Até se esforça. Trinca os dentes. Morde a língua. Conta até dois mil, novecentos e noventa e oito e meio, vírgula nove, ponto nove, mas por fim abre a boca e desanda a falar. Faz parte da natureza de certas pessoas que, quando veem o errado, não conseguem fingir que tudo está certo nem que não estão nem aí. O vô disse que alguns chamaram isso de personalidade, outros de loucura, e a mãe, de falta de juízo. Fosse o que fosse, o pai era assim porque o vô também era assim e, se eu não tomasse cuidado, filho único de seu filho único, também seria assim.

– Eu também vou ser preso, vô? – medrei.

– Tem coisa pior do que ser preso, filho.

– Tem?

– Ser covarde é bem pior, filho. Ser hipócrita também.

Eu prometi ao vô que não ia ser nem uma coisa nem outra, mas, escabreado como só eu conseguia ser naqueles tempos, insisti...

– E eu vou ser preso também?

– Mas é claro que não! – ele garantiu, cheio de convicção.

– Mas e a ditadura?

– Nada é para sempre, filho. Nem eu nem você. Nada. Por que a ditadura seria, ora seu?...

– É...

No dia seguinte eu vi um dos homens que haviam levado meu pai. Estava de uniforme lá na Guilherme Maxwell. Era soldado. Não, era mais do que isso, pois os outros soldados que estavam com ele faziam mesuras e continências, como se tivessem muito medo dele. Eu ia à escola e vi o homem. Fiquei com raiva dele.

– Odeio soldado!

O vô não gostou.

– Então você não gosta de mim?

Emburrado, resmunguei:

– O senhor não é soldado!

– Mas fui...

O "e aí?" do meu avô ficou no ar, esperando que eu o apanhasse ou, pelo menos, encontrasse uma boa resposta para ele, que continuou me olhando daquele jeito simpático, porém firme, como a dizer sem falar coisa alguma. Esperando. Apenas esperando.

Cruzei os braços, espetei o queixo sobre o peito com uma raiva dobrada – do soldado e da ausência de uma resposta que convencesse, antes de tudo, a mim mesmo e, claro, ao meu avô. Afundei com vontade no sofá da sala, esperando que o Capitão Furacão aparecesse o mais depressa possível na tela da televisão.

Ah, mas o vô não me deixou em paz...

– Não é o uniforme que define o bem ou o mal que é feito contra este ou aquele, mas o homem que está dentro dele. Ele e sua consciência. Não é o Exército ou a Marinha ou a Aeronáutica que faz o mal ou o bem. São os homens que estão dentro dos uniformes. Na verdade nem são eles, mas aquilo em que acreditam, a maneira como veem o mundo e as coisas do mundo e, também, o desejo de poder que está dentro de alguns deles. Muitos de nós ficamos especialmente diferentes quando temos algum tipo de poder...

– Como o de mandar a gente para a cama quando a gente não quer?

Vovô sorriu.

– Isso é diferente, seu espertinho!

Ouvi meu avô porque gostava dele, e, antes de tudo, porque o respeitava (e a gente respeita sempre quem ama, não é assim?), mas ele não me convenceu. Eu precisava de algo ou de alguém para odiar, para não ficar sentindo toda aquela raiva queimar dentro de mim sem ter onde, ou em que, ou em quem descarregá-la. Tinha horas que servia qualquer coisa, qualquer um. Os uniformes e os homens dentro deles eram tão bons quanto qualquer um. Mas o Candinho também servia.

Por quê?

Foi ele quem começou com aquela chateação toda de ficar me apontando e gritando:

– Comunista!

Nem tentei fingir que não ouvia. Ignorar era impossível, pois ele não deixava. Candinho era definitivamente um chato, e dos piores, daqueles que ficam te aporrinhando, te perseguindo onde quer que você esteja, especialmente quando há muita gente em volta para aplaudir, para rir, para imitá-lo em sua crueldade.

– Comunista! Comunista!

Ele gritava. Pulava. Ficava apontando para mim, enquanto os outros olhavam; algumas mães, por acreditarem nele ou apenas para fuxicar, passaram a impedir que eu fosse até a casa delas ou mesmo que seus filhos, meus colegas, brincassem comigo. Da noite para o dia, por culpa do Candinho, virei o inimigo, o "perigo vermelho" – e eu achando que o verdadeiro perigo vermelho era o time do América, que naqueles tempos ainda não tinha vendido seu campo no Andaraí e era unha encravada para qualquer um dos grandes da cidade, apesar do chute certeiro do Jorge e do último título de campeão estarem perdidos num longínquo 1960.

– Comunista!

Pior do que o Candinho, apenas o uniforme de bombeiro do pai dele. Na saída da escola, o Candinho me apontava, e o pai dele ficava me olhando. Tinha certeza de que fora ele quem colocara aquela maldade na cabeça do Candinho, que apenas fazia o que sempre fizera melhor: implicar e repetir as coisas, como um pequeno papagaio de olhos esbugalhados e cabeça raspada, feito um soldado.

– Comunista!

O soco pegou em cheio bem no nariz chato dele. Espirrou sangue, e ele ficou sentado no chão, as pernas bem abertas e a mão direita lambuzada de vermelho, enquanto chorava feito bebê. Acabei na sala da diretora. Olhos ferozes fuzilaram-me uma centena de vezes antes de minha mãe aparecer e ouvir um monte de coisas bem ruins sobre mim, ditas pela diretora e por outras tantas mães que esperavam por ela na saída. Virei o inimigo público número um. Fui apontado ainda mais, atingido por uma quantidade terrível de olhares enfurecidos, a começar pela enorme mãe do Candinho e pelo pai bombeiro, que ficava o tempo inteiro resmungando...

– Também, filho de quem é...

Aquilo me encheu de raiva, sabia?

Falar de mim, vá lá. Resmungar um monte de bobagens, tudo bem. A surra que levei, tudo bem, fazer o quê, né?

Minha mãe chorou mais do que bateu, mas de qualquer forma doeu. Eu aceitei. Aguentei. Fui me consolar com a Elisângela no programa do Capitão Furacão. Tudo resolvido. O que me chateava mesmo era ouvir falar mal de meu pai. Seria sempre injusto, já que ele nem estava lá para se defender. Coisa de gente covarde que se sente forte quando exerce sua covardia sem contestação.

Não quis mais ir para a escola. O vô não deixou.

– De jeito nenhum!

– Por quê? Eles...

– Se você não for, eles terão vencido...

Não entendi.

– Você dará razão a tudo que dizem de ruim sobre você e sobre seu pai.

Ele foi comigo. Na verdade, por muitos meses, o vô me levava e me trazia. Algumas vezes, ele ficava sentado debaixo de uma árvore, chupando laranja – é, tinha um sujeito com uma maquininha bem estranha que descascava laranja lá perto da Praça das Nações, e se havia algo que fazia a alegria do vô era chupar laranja – e jogando conversa fora com quem quer que passasse. Esperava eu sair. O ritual não mudava: chegávamos de queixo erguido e olhando bem dentro dos olhos de todo mundo, mas cumprimentando com toda a educação possível, e saíamos com pompa ainda maior – passos largos, mas nunca apressados, ar sorridente, porém sem os dentes à mostra.

Sabe de uma coisa?

Até mesmo o olhar do Candinho e de seu pai bombeiro deixaram de me perturbar depois de certo tempo.

Numa certa manhã de agosto, enquanto voltávamos para casa, comentei com meu avô que Candinho parara de me chamar de comunista. Ele sorriu e disse algo que naquele dia eu não entendi – algo que somente hoje, entrando em meus bem vividos cinquenta, fica bem mais fácil compreender, apesar de doer profundamente a completa compreensão de tais palavras...

– Os animais matam por uma razão. Nós, humanos, temos a morte como essência de nossa natureza. Matar e destruir é a nossa razão. Se não de existir, pelo menos de ser. Não é a fome. Pode ser defesa, mas muitas vezes matamos ou destruímos por algo que é fútil e sem sentido. Apenas o fútil, o sem sentido, move a morte que provocamos. Outras vezes, criamos nossas próprias razões e motivos. Assim somos nós...

Pensei tê-lo visto chorando. Havia lágrimas em seus olhos. O sol forte refletiu-se nos olhos brilhantes que o vô enxugou bem depressa, com a ponta dos dedos longos e torcidos pela artrite. Apenas a fungada longa o traiu – o nariz dele escorria sempre que chorava.

Subimos para minha casa em silêncio.

Falar o quê?

Respeitei a dor de meu avô. Eu sabia que ele se irritava quando algumas pessoas, a começar por minha mãe, ficavam questionando, por exemplo, sua dor e preocupação com a prisão de meu pai. Rapaz, os olhos dele viravam duas brasas na maior das fogueiras, e era bom sair de perto!

O silêncio de meu avô era a medida certa de sua dor. E sua dor podia ser bem longa, impenetrável, mas, antes de mais nada, solitária. Era o jeito dele. Vovô gostava de ficar sozinho para sofrer, para chorar, para lidar com seus mais profundos sentimentos.

Aliás, que bobagem, não é mesmo?

Sofre mais ou apenas sofre quem grita, se exalta, estrebucha? A dor é maior quando ficamos histéricos?

Berrar os palavrões mais feios exprime realmente o tamanho de nossa dor?

Talvez. Questão de opção. Nós preferimos a vastidão hostil e implacável do demorado silêncio. A quietude tensa da solidão é nosso refúgio. A paz de nosso rosto é um poço profundo, o maior deste ou de qualquer mundo, onde afogamos todo e qualquer sofrimento. Enfim, somos bem egoístas na dor. Ela é apenas nossa e o mundo nada tem a ver com isso.

Gostando ou não, somos assim. Como meu avô.

Ah, é... Sylvia Telles também fazia parte da dor toda particular de meu avô. Tanto quando ele entrava em sua dor como quando dela saía. Era sua cantora preferida, e eu lembro que meu pai contou algo sobre o dia em que ela morreu num acidente de carro em 1966 – o Fusca em que seguia para Maricá entrou debaixo de um caminhão carregado de abacaxis –, e de como ele se trancou no apartamento e ficou ouvindo o mesmo disco, por mais de uma semana...

É de manhã
Vem o sol, mas os pingos da chuva
que ontem caiu
Ainda estão a brilhar
Ainda estão a dançar
Ao vento alegre
Que me traz esta canção...

Meu avô adorava aquela música. Gostava de assobiá-la e só não a cantava porque, segundo ele, apenas Sylvia Telles deveria ter o direito de fazê-lo. Mais fã, impossível. Falar de Lúcio Alves, outro cantor que gravara a mesma música, só servia para piorar as coisas e, quando ainda estava entre nós, papai adorava implicar com ele, tocando exatamente naquele ponto bem delicado da relação entre os dois.

– Nem me fale nisso! Nem me fale nisso! – resmungava vovô, pronto para a briga.

Aquela era uma das lembranças mais felizes que nos acompanhava quando, toda quarta-feira, durante mais de um ano, íamos até a Tijuca, visitar meu pai num quartel do Exército na Barão de Mesquita. Quer dizer, ele o visitava. Eu não ia além do portão, pois, no tempo em que estivera preso, meu pai nunca quis me ver e muito menos que eu o visse ou entrasse naquele lugar. Mesmo meu avô só conseguia aquelas visitas porque um dos capitães que trabalhavam no quartel às quartas-feiras fora seu companheiro nos tempos da guerra e permitia que ficassem uma hora juntos. Quanto a mim, era deixado com os guardas na guarita, cara amarrada, pouco disposto às brincadeiras dos soldados que faziam de tudo para me agradar, para atenuar o nada-a-fazer-e-o-muito-a-esperar daquela hora vazia, preenchida com pensamentos ruins, ideias sombrias sobre tudo de terrível que parecia acontecer por trás das paredes do grande quartel. Preocupado. Atormentado por toda sorte de receios acerca do que realmente poderia estar acontecendo ali dentro com o meu pai. Pelos olhares e dedos apontados, sempre voltados para mim, o cochicho deste ou daquele soldado, aqueles uniformes indo e vindo a minha volta, sussurrando coisas sobre mim, este hostil, aquele gentil, a maioria meramente curiosa.

O que falavam sobre mim?

Por que me apontavam?

Seria sobre meu pai que falavam?

E o que falavam sobre meu pai?

O que estava acontecendo?

Ninguém dizia nada. Era como se eu não tivesse a menor importância ou como se o que quer que eu sentisse fosse insuficiente para alguém, até mesmo para meu avô, me contar o que de fato acontecia por trás das sólidas paredes daquele grande quartel na Tijuca.

Homens carrancudos. Olhares trocados. Ar de desconfiança. Soldados amedrontados. Um silêncio tão pesado que por vezes chegava quase a me esmagar. Um ou outro carro verde, sempre fechado, entrando e saindo de tempos em tempos. Todos evitando o olhar desamparado – apenas uma vez encontrei arrogância e um certo tipo de coragem – dos homens que desciam de um dos carros e eram rapidamente escoltados para dentro do prédio. Quanto aos carros que saíam, nada se dizia nem se via; os próprios soldados na guarita baixavam a cabeça ou desviavam o olhar quando os viam passar. Olhos são janelas, e os deles se abriam naquelas ocasiões para uma tristeza tão grande que mal dava para descrever, infelizes e misteriosas testemunhas do que quer que conseguissem entrever pela simples visão daqueles carros que saíam fechados do quartel.

Meu coração apertava.

E se meu pai estivesse dentro de um daqueles carros que saíam?

Apenas aquelas quartas-feiras, que se repetiram por mais de um ano, me davam a certeza de que meu pai ainda estaria dentro do quartel da Tijuca quando eu voltasse na semana seguinte, e algo dentro de mim me dizia que tinha muito ou tudo a ver com o meu avô, com os amigos que ele tinha entre aqueles homens silenciosos de uniforme. Nunca perguntei.

Por quê?

Ele não responderia.

Por que eu não sei. Ele apenas não responderia. Estava em seus olhos, nos sorrisos de falso entusiasmo, na alegria tão infantil quanto artificial que procurava demonstrar ao sair do quartel. Íamos a pé até a Praça Saenz Peña. Íamos conversando, eu perguntando sobre meu pai e o vô me dizendo coisas que achava que eu gostaria de ouvir, no que, aliás, vovô sempre foi bom demais. Nos últimos meses antes de meu pai finalmente voltar para casa, vovô chegava a antecipar a pergunta mais conhecida, aquela que eu sempre fazia depois de voltar do quartel na Tijuca...

– Logo, logo ele vai estar de novo com a gente!

Sequer me permitia desanimar. É, aconteceu depois de cinco ou seis meses indo àquele quartel e, quando muito, vendo-o por uma de suas janelas, responder a um tímido e breve aceno de mãos. Eu chorei dentro do ônibus. Fiquei com medo de não ver meu pai nunca mais – afinal de contas, não era o que minha mãe, aflita e chorosa, dizia e repetia para meu avô na cozinha lá de casa quando os dois ficavam a sós, na crença de que eu estivesse em meu quarto dormindo (é, eu não estava, não)?

– Eles vão matá-lo naquele lugar miserável!

Escondido atrás da porta, quis perguntar. Não entendi...

Matar? Matar por quê? O que meu pai fez de tão grave para...?

Meu avô a acalmou, como fazia comigo. Repetiu quase as mesmas palavras que disse a mim naquele dia em que chorei dentro do ônibus...

– A gente precisa ter fé!

Até quando?

Nunca perguntei. Creio que apenas para não magoá-lo. O que meu avô pedia era demais. Por mais que tentasse, a gente não conseguia. Chegar em casa e não encontrar meu pai naufragando entre pilhas e pilhas de livros, planejando aulas ou lendo mais jornais do que eu conseguia guardar os nomes, muitos até em outras línguas, era demais tanto para mim quanto para minha mãe. Seu sorriso, aquele que eu jamais veria novamente daquele modo carinhoso, envolvente, cheio de crença em si mesmo e nas pessoas. Realmente era difícil. Chorar era melhor do que nada fazer. Até o Natal – a nossa festa, aquela de que meu pai mais gostava – já não era mais o mesmo desde que aqueles soldados o levaram.

O primeiro e único Natal sem ele foi triste demais. Minha mãe não se animou para fazer nada e, se não fosse a falsa alegria e os doces e rabanadas que meu avô trouxe, eu e ela ficaríamos na sala vendo televisão, partilhando da emoção e da felicidade de um bando de americanos num filme qualquer cheio de neve e boas intenções, velhas canções de Natais inalcançavelmente felizes.

Vovô não gostou. Chegou a reclamar. Insistiu que devíamos comemorar, até mesmo acreditando que aquele seria o último Natal em que estaríamos separados. Apelou, garantindo que, apesar de estar preso, meu pai estava bem e ficaria muito triste se soubesse que estávamos chorando e olhando velhas fotos como se ele tivesse morrido.

Inútil. Pior: quanto mais ele falava, mais eu e minha mãe lembrávamos de meu pai e chorávamos. Por fim, ele também chorou. Foi uma choradeira só. Horrível. Uma noite para esquecer, mas que nenhum de nós esqueceria.

Por essas e por outras, nem eu e muito menos minha mãe conseguimos entender a insistência teimosa e até enfurecida dele no ano seguinte, para que preparássemos uma grande festa de Natal.

A coisa ficou feia. Ele e minha mãe brigaram. Disseram coisas bem feias um para o outro (não, nada de palavrões, mas, mesmo assim, coisas tão ruins que nem ouso repetir, ainda que tenham se passado quase cinquenta anos). Meu avô foi embora batendo a porta com força e prometendo não voltar. Acabou voltando. Continuou insistindo.

– Era para ser uma surpresa, mas já que vocês não vão fazer a festa se eu não contar...

Não foi preciso dizer muito mais. Explicar tornou-se desnecessário.

Meu pai ia voltar para casa naquele Natal!

– Foi o próprio coronel quem me disse. A ordem de soltura já foi expedida...

Nunca nos empenhamos tanto para um Natal como naquele ano. Gastamos o que não tínhamos. Meu avô trouxe a moça que fazia a limpeza no apartamento dele para ajudar lá em casa. Tudo foi limpo. Nada ficou fora do lugar. Pilhas de rabanadas transbordavam dos pratos na grande mesa da sala. Vovô trouxe um dos vinhos do Porto cujas garrafas ele mantinha trancadas a sete chaves sabe-se lá onde, pois nem no apartamento era. Sobrou galinha, farofa. Tinha mais Crush e Grapette que eu poderia beber. Maionese. Bacalhau. Um leitão veio da padaria, onde meu avô mandou assar. O padeiro e alguns empregados da padaria acabaram ficando para a festa, pois muitos dos vizinhos que convidamos não apareceram. Apenas um dos professores que trabalhavam com meu pai veio. Tinha um monte de companheiros da FEB que o meu avô trouxe quase amarrados, mas que gostaram muito da comida e da bebida (o velho Motinha bebeu tanto que passou o Natal dormindo no banheiro, e a gente só deu pela falta dele quando precisou usar o banheiro). Uma prima do meu avô chegou de Anta (na época eu não entendi bem e pensei que ela viria montada numa anta, mas ela, rindo muito, explicou que Anta era um lugar lá perto de Sapucaia – que eu também não sabia onde era, mas tudo bem –, já chegando em Minas Gerais). Até o motorista do táxi – um velho Oldsmobile que fazia ponto lá perto da estação de Ramos – que meu avô contratara para ir buscar meu pai na Tijuca acabou ficando para a festa. Ele era um negro enorme, a voz de trovão estrondeando por toda a casa quando gargalhava, presa fácil das piadas contadas pela tal prima de Anta (e que piadas apimentadas que ela contava!). Ele gostava de arregaçar as mangas da camisa até os cotovelos e ajudou a amparar meu pai quando ele subiu o pequeno lance de escadas que levava para dentro de casa.

– Pai...

Não consegui dizer mais nada. Bobagem. Não havia a menor necessidade. Minhas lágrimas e as de minha mãe falaram por nós. Abraçamo-nos com toda força do mundo, como se temêssemos que alguém (alguns soldados) entrasse a qualquer momento e mais uma vez nos separasse.

Não, nada nem ninguém conseguiria. Nem no Natal. Nem em nenhum outro momento.

– Feliz Natal, pai...

Bem que tentamos. Fizemos o máximo. Nós e todos que estavam em nossa casa naquele dia. Houve risos. Foi uma das melhores tentativas de fingir que nada acontecera. Meu pai até riu depois de ouvir outra das piadas da prima do vovô (engraçado, eu nunca mais a vi nem ouvi falar dela), mas é triste admitir, o Natal nunca mais foi o mesmo lá em casa depois daqueles tempos que papai passou longe de nós.

Sorriso tem dor?

Pois é, o de meu pai passou a ter.

Estranho isso, não?

Tão estranho que nem sei como explicar. Talvez não haja explicação. É algo que se sente e não se explica. Simplesmente eu percebi depois que a festa acabou e entramos em janeiro. Algo mudou em meu pai; ou meu pai mudou, não sei bem. Algo aconteceu. Quis. Tentei. No entanto, não perguntei nada. Esperei que meu pai contasse o que quer que ele achasse que eu deveria saber. Eu e minha mãe. Ele contaria quando quisesse, quando tivesse vontade e do jeito que achasse melhor, algo que, afinal de contas, ele nunca fez.

De certa forma, o pai que voltou para casa não era o mesmo que saiu dela tempos antes. Nunca mais seria. Algo se perdeu para sempre, e eu confesso que senti. O sorriso bonito que tinha se foi para nunca mais voltar. Meu pai se transformou num homem de longos silêncios e poucos sorrisos, cada vez menos frequentes. Foi algo que a tal ditadura fez: não destruiu os ideais do homem nem do professor, mas partes bonitas do homem que fora ficaram para trás, naquele quartel da Tijuca onde vovô ia visitá-lo. Eu mais senti do que vi, mas foi para sempre. Triste, muito triste. Entretanto, no dia em que meu pai veio para o Natal, não notei, ou preferi não notar aquelas perdas. Abracei-me a ele e chorei muito.

É, seus olhos se transformaram em quartos vazios onde eu nunca mais encontrei o pai que tive, pois simplesmente não sabia em qual deles o encontraria; ou onde ele, afinal de contas, se escondeu.

Triste, muito triste.

Júlio Emílio Braz nasceu em 16 de abril de 1959, na pequena cidade de Manhumirim, aos pés da Serra de Caparaó, Minas Gerais. Aos cinco anos mudou-se para o Rio de Janeiro, cidade que adotou como lar.

É considerado autodidata, por aprender as coisas com extrema facilidade. Adquiriu o hábito da leitura aos seis anos. Iniciou sua carreira como escritor de roteiros para histórias em quadrinhos publicadas no Brasil e em outros países, como Portugal, Bélgica, França, Cuba e Estados Unidos. Já lançou mais de 150 títulos.

Em 1988, recebeu o Prêmio Jabuti pela publicação de seu primeiro livro infantojuvenil: *Saguairu*. Dois anos mais tarde, escreveu roteiros para o programa *Os Trapalhões*, da TV Globo, além de algumas mininovelas para uma emissora de televisão do Paraguai. Em 1997, ganhou o Austrian Children Book Award, na Áustria, pela versão alemã do livro *Crianças na escuridão (Kinder im Dulkern)*, e o Blue Cobra Award, no Swiss Institute for Children's Book. Com esse livro, também recebeu menção honrosa no Prêmio de Literatura Infantojuvenil do Escritório de Assuntos Estrangeiros do Senado Alemão.